U0620457

小阅读·文艺

涩泽龙彦文集

狐狸百宝袋

我的少年时代

[日]涩泽龙彦 著

王子豪 译

广西师范大学出版社

·桂林·

Kitsune no danbukuro—Watashi no shounenjidai by Tatsuhiko Shibusawa
Copyright © 1983 Ryuko Shibusawa
All rights reserved.
First published in Japan in 1986 by KAWADE SHOBO SHINSHA Ltd. Publishers
Simplified Chinese translation rights arranged with KAWADE SHOBO SHINSHA Ltd.
Publishers
Through CREEK & RIVER Co., Ltd. and CREEK & RIVER SHANGHAI Co., Ltd.

著作权合同登记号桂图登字:20-2025-013号

图书在版编目(CIP)数据

狐狸百宝袋:我的少年时代/(日)涩泽龙彦著;王子豪译.
桂林:广西师范大学出版社,2025.5. --(涩泽龙彦文集).
ISBN 978-7-5598-7912-7

Ⅰ. I313.55

中国国家版本馆 CIP 数据核字第 2025F68D40 号

狐狸百宝袋:我的少年时代
HULI BAIBAODAI: WO DE SHAONIAN SHIDAI

出 品 人:刘广汉
策划编辑:刘 玮
责任编辑:王 檬
特约编辑:钟雨晴
装帧设计:李婷婷

广西师范大学出版社出版发行

(广西桂林市五里店路9号　　　　邮政编码:541004)
(网址:http://www.bbtpress.com)

出版人:黄轩庄

全国新华书店经销

销售热线:021-65200318　021-31260822-898

山东韵杰文化科技有限公司印刷

(山东省淄博市桓台县桓台大道西首　邮政编码:256401)

开本:787 mm×1 092 mm　　1/32

印张:7　　　　　　　　　　字数:100 千

2025 年 5 月第 1 版　　　2025 年 5 月第 1 次印刷

定价:49.00 元

如发现印装质量问题,影响阅读,请与出版社发行部门联系调换。

目　录

甘露子

　　对我而言,再没有比"写什么都好"的随笔更难写的文章了。太过自由反倒使眼前一片茫漠,不知所措,难以下笔。

　　对我而言,也再没有比"写什么都好"的随笔更让人兴致盎然的文章了。落笔之际,就仿佛偶然间跳上一辆不知驶向何方的电车,这种"一时兴起"在现实世界中往往难以实现,在写作的世界中却易如反掌,着实令人愉快。

　　既然这是为新年特别刊而写的文章,不妨就写些与正月相关的故事吧。虽然这样显得过于老套,但我觉得并不然,因为我们每个人对于正月的记忆都不尽相同。

　　说起"正月"一词,我所想到的便是甘露子。是呐,就写甘露子吧。这样的主题既不显得迂腐,又与我十分相衬。

　　正月料理的黑豆中每每掺杂着一两颗被紫苏叶染红的、呈小小的田螺形的甘露子。也许是为了添几分色彩。过去的人常有奇思妙想。我觉得在正月料理的压轴菜中加入红色甘露子实在是天才的构想。

　　不仅有增色添彩的效果,甘露子的形状同样充满着无以言状的魅力。甘露子作为一种植物,我们食用的是它生长在地下的块茎,这一部分有的看起来像田螺,有的像虫子。甘露子原产于中国。《本草纲目》将其记为"草石蚕""地蚕""土蛹"等名,亦是因为其块茎形状如虫。

我从小就很爱吃甘露子。小时候,我总是瞒过大人的耳目,用筷子在黑豆里翻搅,抢先把甘露子挑出来吃掉。连那脆生生的口感也让人觉得别有风味,分外珍惜,这便是小孩子才有的心思吧。

直到现在,每当正月到来,我都会嘱咐妻子在蔬菜店买黑豆的时候别忘了捎一袋甘露子。这就够我尽情吃上三天了。其中有长约五厘米的,也有形状格外优美的,令人赏心悦目。

说来,近时有许多年轻人已经不知甘露子为何物了,这足使我吃了一惊。曾有客人在正月光临敝舍,盯着我家装满正月料理的漆食盒,说道:

"这红色的是什么?"

"甘露子。"

"啊?"

"你不知道甘露子吗?"

"嗯，没吃过，还是头回见。"

"这可真让人惊讶。甘露子很久以前就用于烹饪正月料理了呐。虽然不晓得日本人是从什么时候开始食用甘露子的，但杉风的俳句有云：'遍说惹人怜爱的风物，还是那初绽的甘露子。'由此观之，江户时代初期的人已经在吃了。"

"嗬——原来如此。"

"不尝一口吗？"

"好。"

亲口尝过的人大都交口称赞。因为甘露子的口感极佳，可能比他们预想得要可口许多。

从未听说过甘露子的人可不止一二，多得我现在过正月时已经不再惊讶了。不知从何时起，甘露子在日本正月料理的餐桌上不见了踪影。至少在我所见是这样的，实在令人叹惋。

我老妈说，她小时候经常在芝高轮的自家庭院里挖甘露子，往上一拽，甘露子就被从土里拉拉杂杂地拔出来了，好玩儿极了。不知是庭院里野生的，还是人为种下的。大概最初是人栽培的，后来渐渐野生化了。因为甘露子看起来就像是种很顽强的植物，野生化想来也是十分有可能的。

　　仔细想想，我之所以会格外喜爱甘露子这种毫无价值的植物，其中一个原因是这个词在语言上的妙趣。

　　甘露子在《本朝食鉴》[1]中写作"知也宇吕岐"，民间又叫作"千代老木"，然而，"甘露子"一名着实是富于诙谐感的杰作。据《倭训栞》[2]所述，"朝露葱，其根茎呈珠联状，故得此名"，说的便是甘露子的外形犹如露珠串连成线吧。甘露子在中国亦称"滴露"，或许也是出自相同逻辑的命名。一言以蔽之，甘露子是凝结在泥土中的露水。

　　但若只论形状，甘露子与其说是玉石般的露水，不如说它更像另一个名字"草石蚕"所示，看起来像蚕或螺。动物在地底化作植物，怎么听都像是中国人偏爱的珍奇意象。

　　"好好吃。再来一个。我开动了。"

　　1　《本朝食鉴》，共 12 卷，江户时代的医师人见必大所撰，刊行于元禄十年（1697），沿照《本草纲目》的体例实证性地记述了食用与医用的植物。——译者注（本书脚注如无特殊说明，皆为译者注）

　　2　《倭训栞》，又作《和训栞》，江户时代后期的日文辞典，谷川士清著，在安永六年（1777）刊行后沿用百余年，被认为是日本第一部近代日文辞典。

"请请请,放开吃。"

"这形状可真有意思。"

"妙就妙在这里,所以我从小就特爱吃甘露子。每次过年都吃它,就能活着羽化登仙嘞。"

我们常常就这样一边开着玩笑,一边举杯饮下正月的美酒。

话说回来,我很好奇原产于中国的甘露子是在什么时期传入欧洲的。一查却叫我大吃一惊,法国人把甘露子叫作 Crosne du Japon,即"日本的克罗恩"。

克罗恩原本是巴黎附近的塞纳-瓦兹省的一个村庄的名字。1882 年(明治十五年),在这座村庄首次种植从日本传入欧洲的甘露子种子,据说是奥古斯特·帕耶(Auguste Pailleux)与德西雷·布瓦(Désiré Bois)两位法国植物学家种下的。从那以后,村庄的名字"克罗恩"变成了一个普通名词,用来代指甘露子。这着实令人惊讶。

不得不说,法国人在甘露子名字前加上"日本的"这一形容词,实在叫我这个爱吃甘露子的日本人感到欣幸之至。

《拉鲁斯百科全书》里仿佛为了引人注目般故意

写着，甘露子原产于日本，它的风味"令人同时联想到菜蓟、婆罗门参和马铃薯"。我没有吃过婆罗门参这种植物，也不好妄下断言，不过单就菜蓟和马铃薯的味道而言，我也深有同感。关键在于，甘露子之味是三种植物混合的、难以形容的稀奇味道。

虽然不晓得法国人怎么做甘露子，但是他们吃甘露子时便会联想到日本，这件事也让我觉得很欣喜。

出于这层缘由，近年来，我对甘露子的嗜好与日俱增，真有点"而不知其所止"的势头。顺带一提，我现在就已经摩拳擦掌，期待着今年的大快朵颐了。

行文至此，我不禁有些好奇，正月吃甘露子难道只是流行于关东或者东京的风俗吗？

如果是这样的话，来寒舍拜年的诸位年轻友人不知道甘露子，未必就是因为甘露子最近在正月料理的压轴大菜中消失了，而是由于地域的差异。可能只有在东京长大的人，才会自孩提时代便对掺在黑豆里的红色甘露子感到亲近。这只是我的胡思乱想，至于真相到底是怎样，我也不大清楚。倘若有人知道细情，请务必告诉我。

各地的正月料理大不相同。去年，我在京都第一次吃到加白味噌的杂煮和地道京都口味的正月料理，真让人由衷赞叹。正月料理，即盛放在多层漆盒里的菜肴。确实，我记得在漆盒里见过黑豆，却没怎么见过甘露子。

不加甘露子的黑豆无论在色彩还是在味道上都有所不足，但这话可能会被人视为关东人或者东京人的偏见而付之一笑。要真是这么回事，少年时代起对甘露子怀着比常人多一倍执着的我可就无地自容了。

这篇"写什么都好"的随笔，这篇怀着"蓦地纵身跳上电车的心情"信笔写下的随笔，竟然将甘露子的话题从开始写到了结束，作者本人才是最吃惊的那一个。这算怎么回事儿呢？

洸野川中里附近

孩提时代，我印象中是没有使用过"酱油"这个词的。

不说酱油那该说什么呢？我用的是"料底"（オシタヂ）一词。"在新腌的咸菜上淋上酱油"这种说法我一次也没有用过，我记忆中用的都是"在咸菜里加料底"。

同样的例子还有我从不说"隔扇"（フスマ），而是常用"唐纸"[1]一词。

小时候带朋友来家里玩，我们就在八叠[2]的房间里玩相扑。屋子正中央恰好有两叠的空间，便以此为土俵[3]。"上啊！玉锦！""上啊！双叶山！"[4]经常有一方重重地摔倒在地，脚把唐纸都给踢穿了。

类似的例子还有很多，我家里从来不说"握饭"（オニギリ），只是用"饭团"（オムスビ）这个词。我

　　1　唐纸，从中国传入日本的印有花纹的厚纸，初用于写信或装饰，中世以后主要用来糊隔扇，故成为后者的代称。

　　2　叠，榻榻米的量词，用于表示和式房间的面积，通常 1 叠等于 1.6562 平方米。

　　3　土俵，相扑比赛的场地，将 20 个装满土的草袋埋入地中垒成直径 455 厘米的圆形擂台。

　　4　指玉锦三右卫门、双叶山定次，皆为当时横纲级别的相扑力士。

在远足时带上的是"饭团",而不是"握饭"。

只要是窑里烧制的器物,无论什么我都觉得是"濑户烧"[1],所以我一直深信诸如火盆、茶碗、厕所里摆放的陶制便器都是"濑户烧"。"陶器"一词,我是在很久以后才记住的。

米饭当然不能说一碗、两碗,而得是一膳、两膳。我的外祖母生长于日本桥,她断然不会说"吃饭",无论何时都是说"用膳",实在叫人佩服。

外祖母常用的词汇中,我对"手水场"这个词记忆特别深刻,其实说的就是厕所。除了外祖母,我还真没见过谁会把这个词挂在嘴边。

另外,外祖母也从不说"吵闹",而是说"喧哗"。"喧哗"这个词倒是让我觉得很"喧哗"。我有时候也很想试一试这个词,但每次脱口而出的仍是"吵死了!你这蠢材!"之类的话。

看来不是感同身受的语言,果然难以应用自如呐。

在此必须申明的是,我没有掺杂任何价值判断在

　　1　濑户烧,爱知县濑户市及其周边地区烧制的陶瓷器的统称,镰仓时代的加藤四郎景正将从宋朝学习的制陶工艺带回日本,成为日本陶瓷器的主流。

里面,只是回忆一些自己孩提时代听过但现在不常用的语言罢了,并不是想说哪种说法好、哪种说法坏。即使同样身处东京,也会因为各自成长环境的不同而产生极大的用词差异,而且这种差异仍在不断变化,这是很自然的事情。

外祖母和所有地道的江户人一样爱吃荞麦面。她经常来位于泷野川中里的我家作客,一方面当然是想见一见闺女和小孙子,不过,点一碗薮忠的荞麦面也是她的一大目的。

说起薮忠荞麦面馆,从驹込站的后方朝圣学院中学方向走几步便到了,连以芥川龙之介为首的田端文人们1也是他家的拥趸。

然而,还是个小孩子的我可从来不在意这是哪家的荞麦面,或者说,我本来没觉得荞麦面这玩意儿有多好吃。

我从四岁到十七岁的十三年间一直住在泷野川中

1　明治末年至昭和初年,东京北丰岛郡泷野川町的田端村(今东京北区田端)附近聚集了众多的文人和艺术家,被称为"田端文士村"。其中包括芥川龙之介、萩原朔太郎、室生犀星、冈仓天心、堀辰雄、竹久梦二等。

里，以下便对这块地方说明一二。

　　如果在田端站搭乘山手线，经过一个大弯即将到达驹込站前，从左侧车窗眺望，即眺望山手线内侧，便能望见从田端高地之下朝神明町方向蜿蜒铺展的街道。而在右侧车窗，即眺望山手线外侧，则能将从驹込站至霜降桥之间连绵的街道纵览无余。山手线夹在其中、呈南北走向的这片区域，便是中里町了。

　　我曾在某篇文章中骄傲地宣称："北至飞鸟山，南达六义园，西临染井墓地，东到谷中墓地，中间就是我们的活动范围。"但这里面有点夸张的成分，其实，我们的活动范围要更狭小些，基本上就局限在以中里町为中心的这片区域里，只是偶尔会发起"远征"。

　　去年九月，我所毕业的泷野川第七小学要在中里町举办同学聚会，于是我再次来到了阔别多年的中里。

　　久违地乘上了京滨东北线，我忽然发现日暮里和田端中间多出了个西日暮里站，真有种说不上来的奇妙感。

　　班级聚会的地点定在了驹込站附近，我不必在田端站下车，但是，我怀揣着想要重走一番昔日经常奔跑的街道的心情——而且，我觉得如果错过了这次，以后就再也没有机会了似的——在田端站下了车。我有一个很亲近的同级生叫 T，在栃木县的县厅工作。我和他电话约好在田端站前碰头。

T 从栃木县的宇都宫市过来，我从神奈川县的镰仓过来，各自换乘电车，在田端站相见，仔细想来，两个年过半百的男人，为了重访这片充满回忆的土地，兴高采烈地约定相见。这幅画面不得不说有几分古怪。

望了眼左边的东台桥，这座桥依然如昔。我们爬上了徐缓的坡道，来到了田端高地的大路。

往前走就是东京都营电车的"区政府前"这一站了。不，现在可能叫的是别的名字。得事先声明一下，我完全不知道如今的地名，全都是拿战前1的地名和站名糊弄了事。

路过被战火焚毁的天野工厂的红砖残瓦，我们渡过富士见桥。说是一座桥吧，其实底下还有电车通行哩。

走过富士见桥后，向右走是一片辽阔的空地，过去被称作三角地。向左走是一条电车线路的坡道，通往

1　本书中的"战前"指的是第二次世界大战前，"战后"指的是第二次世界大战后。

中里町和驹込站。这片土地的风貌到现在也没有改变。我们走下了那条坡道。

我特别喜欢这个坡。

坡道的左侧是山崖,崖下是往来行驶的山手线。山手线的对面还有一片地势更低的洼地,冒着黑烟的火车曾经在那里通过。

载着出征士兵的火车也曾无数次在欢呼声中驶过这里。富士见桥的对面便是中里桥,在中里桥可以看见对面的驹込桥。

在崖边,有一排在过去的旧铁道旁一定看得见的那种焦黑的木栅,栅栏上覆满灰尘,茂盛的杂草一直在野蛮生长。

并且,那一片曾经有很多的红蜻蜓。

坡的右侧是圆胜寺的后山,山上是一片墓园,园子边上种了枸橘树为篱笆。一切都还保留着战前的模样。这一小块土地在战争中幸免于难。更令人欣喜的是,不经意间眺望,枸橘树沐浴在秋日午后的阳光中,熠熠生辉的三两只枸橘恰似北原白秋歌唱的"圆圆的、圆圆的、金色的宝石"。

迄今四十年前的少年时代,我们也时常在这条坡道上,望着枸橘那金色的果实。每当唱起白秋那首歌,我们总会想起这道树篱。我和 T 不由得感慨,想在这里多停留片刻。

我想起,在这条坡道的中途有一栋漂亮的洋馆,是一家现代舞学校,由一个叫三木一郎的男人管着,附近的女孩子都凑堆儿在这里跑跑跳跳,练习舞蹈。我们这些"恶童"受好奇心驱使,有时爬上墓园的树,偷偷地从窗户外头看室内的情景。女孩子都穿着"有失体面"的泳衣,不管怎么说,这种事发生在战争年代真够让人惊诧的。我们那时都惊呆了,险些从树上掉下来。

从那以后,三木先生在我们之间被冠上了"色鬼"的名头。这可给三木先生添了不少麻烦。

从坡道的中途开始,就只能隔着洼地看到对面建筑的房顶了。我们出神地望着因战火烧毁后重建的母校,我和 T 聊起:

"还是个小学生的时候,从这条坡道上眺望到的全景显得无比宽广。现在再看,还真是意外地狭小呐。"

"咱们当时的活动半径大体也就是目力所见的这块地方。就算狭小,那也是我们的一方天地呀。"

下了坡道,右边是圆胜寺,左边是中里桥。我们在圆胜寺逗留了一会儿,穿越中里桥来到山手线的内侧,那片便是我家的旧址了。我们在那儿漫无日的地转悠了半晌,但能够唤醒往昔回忆的东西,居然一个也没有留下来。这一带在昭和二十年[1]四月十三日的大空袭中被烧了个精光,连道路都变了模样,整条街的氛围也完全改变了。如今住在这里的人想必也和从前的人毫无关系了吧。

T忽然开了口:

"等一下,莫非……"

他从衣服内兜掏出了手账,哗啦哗啦地翻了起来。

"果然如此。巧了,今天是子规忌[2]。"

"哎?那我们去大龙寺看看吧。"

"走。怎么已经这么晚了,明明什么都没做……"

大龙寺在我们小学的旁边,正冈子规的墓就在寺内。我对子规没什么兴趣,但耐不住友人近来醉心于俳句,便只好与他一道去了。

1　即1945年。本书中的明治(1868—1912)、大正(1912—1926)、昭和(1926—1989)皆为日本纪年。为了行文方便,有关日本纪年后不再括注公元纪年。——编者注

2　子规忌,亦称丝瓜忌、獭祭忌,纪念俳人正冈子规的忌日,9月19日。

寺庙内一片闲寂，空无一人。木门紧闭着，别无进入墓地的方法，我们只好匆匆离去了。

"差不多也是时候去聚餐了。"

T看着手表说道。

东西屋的故事

　　近来，街上已经看不见东西屋的身影了，这时常让我感到有些寂寞。作为昭和初年的流行现象，东西屋这种风俗如今也无法避免被人遗忘的命运。

　　他们演奏着钲、太鼓、三味线、单簧管之类的乐器，好不热闹，一行三五人，每个人背上都挂着广告的海报，摇摇晃晃地在街上结队游行。其中有人在脸上涂了厚厚的白粉，着装打扮如同时代剧的演员。有时候一行人中还会有怀抱着三味线、风姿绰约的女性。

　　打头的是个擎旗的人，像大名行列[1]中的奴仆般一边跳舞，一边带领着队伍。殿后的是负责分发传单的人，将传单塞到每一个过路人手里。毕竟，东西屋本身就是为广告宣传而存在，不发传单的话就没有意义了。

　　早晨是朝雾，黄昏是夜雾，

　　无法哭泣的单簧管。

　　1　大名行列，指江户时代大名轮换供职时往返于江户与领地途中的行列，路线与人数由幕府规定，通常由家奴开道，持矛侍从、下级武士随后，中间有骑士、近臣护卫大名乘坐的轿子，由提草鞋的仆从、持伞侍者、司茶的和尚等殿后。

随波逐流的浮藻的花儿，

明天也盛开吧，在那小镇。

这一小节出自当年风靡一时的《马戏团之歌》。不知为何，东西屋也会演奏单簧管，在我的记忆之中，单簧管的旋律总是很悲伤。

东西屋的演奏也并非全都是那么欢快而喧闹的。如前所述，其中也有悲情之处，如哈默尔恩的花衣吹笛手般惹得孩子们流连忘返。我记得自己曾经跟上东西屋队伍的尾巴，在大街上四处走啊走。我好几次想着"必须得回家了"，却不知不觉间已经走到了陌生的街道，那时的不安感我至今都还记得。

从东西屋手上领到传单也是让我们感到高兴的事情。习惯了大手大脚的现在的孩子可能无法想象，那时的我们会争先恐后去抢一张毫无价值的宣传单。不止是东西屋，那时经常有飞机从空中撒下用于宣传的传单。抬头看到天空中突然撒落的无数传单时，我们就会盯着传单落下的方向，不假思索地往那儿跑去。

为什么小孩子会痴迷于获取传单呢？想来尽管不可思议，但先于他人一步迅速将贵重的东西据为己有这件事，会给人带来一种快感。

伴蒿蹊[1]的《近世畸人传》中写了一个叫作金兰斋的人的故事。元禄正德年间，京都住着一位精通老庄思想的人，世称金兰斋，名重于世。他过着一贫如洗的生活，无论是书还是衣服，一到他手里立刻就会被卖来换米。他的门人送给他一件背部留着白色圆形、中间写有金兰斋名号的和服，他披着这件和服，悠然自得地在街上踱步。看来，只有这件和服没有被他变卖掉。

有一次，在金兰斋授课时传来了代神乐[2]的声音，吹笛击鼓，街上热闹非凡。这个金兰斋便坐不住了，与门人连招呼都不打一声，径直就匆匆冲到街上，和孩子们一起跟在吹奏者的屁股后。出来得匆忙，他竟一只脚穿着木屐，一只脚穿着草鞋。

我格外中意这个金兰斋的故事。所谓"代神乐"即一种以舞狮和曲艺为主的表演，沿街卖艺讨个赏

1　伴蒿蹊（1733—1806），江户时代中后期的国学家、歌人，本名资芳，号蒿蹊，著有歌集《闲田永草》等。

2　代神乐，日本旧时的民间演艺，发源于伊势神宫的太神乐中的狮子舞，不仅吹笛击鼓，后来还加入了曲鞠、耍鼓槌、转碟等杂技和滑稽对话。

钱,同样是在街道上一边走一边表演,这和昭和时代的东西屋可以说同工异曲。即便成为大人也不失童心,不作二想就晃晃悠悠跟在东西屋屁股后乱走的金兰斋,真不愧是参透老庄之学的人。

我前文说过东西屋的单簧管里浸淫着悲伤的情绪,但仔细想来,我觉得只说悲伤是片面的,它诱使我们进入一种令人毛骨悚然的白昼癫狂之中,仿佛在传播一种诡谲的气氛。这话听起来或许有些夸张,但这种话题说得夸张一点才会有意思。

梅崎春生[1]临终前写下的名作《幻化》中有这么一个故事,有个老头在街上偶然看到东西屋之后,突然变得神志不清,最终被送进了精神病院。梅崎如是写道:

> 看了几眼东西屋,为什么就会变得不正常?好像再往前走一步便能够明白,但是谁也不会踏出那一步。老头似乎也还没有明白。我曾经问过他这个问题。他是这么回答的——

1　梅崎春生(1915—1965),小说家,凭借《樱岛》等战争题材作品登上文坛,在战后文学中占据一席之地。

"老夫也不明白。为什么情绪会变得奇怪起来了呢。"

"确实很奇怪。"

"是啊，真奇怪。"

有一次，精神病院里住一间房的三个病友合计在老头眼前模仿东西屋的表演。他们非常想知道老头看了会作何反应。吃罢晚饭，三人突然站起身，一边敲打着碗，一边嘴里振振有词：

"锵锵咚咚。锵咚咚。"

他们连珠炮似的念叨着，踢踏着地板发出哒哒的声音，在头顶蒙着花哨的手绢，将和服的掩襟扯掉，装扮成女人模样。

老头一脸茫然若失的表情，看了一会儿三人的动作，冷冷地嗤笑起来，自己也端起茶碗从床上跳下来，加入东西屋的队列当中。老头似乎也乐在其中。

"老汉，你觉得心绪有变得奇怪吗？"

"没有。"

"为什么？"

"因为你们不是真正的东西屋。"

这也是我甚为喜爱的一个故事。梅崎绝不是爱摆弄抽象概念的人,但这个故事可以说敏锐地指出了心理学上的人格问题。

我自己的东西屋经历是很久以前的事情了,还要追溯到懵懂无知的幼儿时期。

我四岁之前住在埼玉县的川越市,家附近似乎是条烟花柳巷,跟我家隔着两三栋屋的地方住着一个跟包的老头,名唤阿田,大家都喊他"跟包田"。免得有人不知道,我还是多嘴补充一句,所谓"跟包",指的是替在剧场表演的艺伎拎拿三味线的跟班。这个跟包田是当地的名人,而且还是一队东西屋的头儿。虽然不晓得他是怎么在跟包和东西屋这两个职业之间找到平衡点的,但我经常看到东西屋的表演者们聚集在宅院前,锵锵咚咚地练习着叫卖的吆喝,热闹喧天。

当然,老头的脸我是一点都记不得了,但这毋庸置疑是我幼童时期最早的一段记忆。

随着父亲工作的调动,我家搬去了东京,在泷野川中里附近居住,这是昭和七年的事情。那时候,在我家附近那一带走街串巷的东西屋想必是从驹込神明町方向过来的。

那里有三流的艺伎街,有表演曲艺的寄席[1],还有咖啡馆和酒吧,在少年的眼中,电线杆上贴满花柳病医院广告的地方,就是神明町。有时候遇见剧团的巡回演出,他们将太鼓放在两轮的拖车上,化了妆的刀剑片演员奋力敲击着太鼓,咚咚的鼓声甚至能传到中里。我总以为所谓的东西屋,就是在这种光怪陆离的地方忽然出现的陌生人。

不过嘛,东西屋的话题就告一段落吧。

在神明町的市营电车通过的大路旁有两家电影院,一家是号称日活电影第二放映馆的进明馆,一家是再往前走的动坂的松竹馆。中井英夫对此写道"都是些徒有招牌的郊区电影院罢了",完全如他所写,电影院二楼的最前面铺着榻榻米,观众脱掉木屐坐在那里看电影,最后面则是临监席[2]。

少年时代,我经常去这两家电影院,此外还有霜降桥的大都馆,但我没有什么关于那里的记忆了。因为

1　寄席,表演落语、讲谈、浪曲、义大夫、魔术、歌曲等大众曲艺节目的剧场。

2　临监席,指第二次世界大战前日本政府在演讲会、公共演出或者娱乐场合设置的场所,警察在场负责维持治安。

我被那家电影院里有臭虫出没的传闻吓到了。

那时有家大都电影公司，专门拍刀剑片。根据田村隆一的说法，大都的刀剑片会用探戈舞曲《假面舞会》当伴奏来烘托气氛，我倒没什么印象了。我不是质疑田村的说法，只是觉得探戈的节奏过于缓慢了，与刀剑片的风格相去甚远。

售票员从电车的窗户探出身子，两手猛拽绳子，操纵着车顶的导线杆。导线杆一触碰到电线，霎时火花四溅，噼里啪啦地放射出青白色的闪光。神明町有停放市营电车的车库，所以才经常能看到这些令人怀念的风景。不过，或许说这是冬日景物更为合适。

在上野的池之端，高高地耸立着仁丹的广告塔，随着霓虹灯光明灭，一个身穿大礼服、蓄胡子的男人的面孔时而出现，时而消失。直到将那灯光闪烁的顺序牢记于心之前，我始终不厌其烦地眺望着那座塔。

令人怀念的大铁伞

最近，我在电视上观看相扑比赛，从前那种双脚死死抵住土俵边缘的剑峰[1]，反弓身躯将顶进自己怀里的对手压倒取胜类型的相扑力士几乎已经绝迹了。

恐怕与昔日相比，今日的相扑力士的腰腿肉眼可见地变得羸弱了。双叶山过去被称为"二枚腰"[2]，在他的关胁、大关[3]时代，曾经两度抵御住宿敌镜岩（被称为"猛牛"）的突进，使出一记拧身后摔，将其扔出土俵。这样的趣味在最近的相扑比赛里已经完全不见了。

昭和十二年春，也就是我念小学二年级的时候，前田山、名寄岩、鯱之里被世人称为新入幕[4]的三驾马车。从那时起，我就一直痴迷于相扑——

当时，除非家住平民町，不然家长很少会带孩子去国技馆[5]。那时候不像现在有电视机，当时的孩子连

1　剑峰，指用以围成土俵的草包，是土俵的最高处以及比赛的胜负线。

2　二枚腰，指相扑或者柔道比赛中强韧且难以扳倒的腰肢。

3　关胁，相扑力士第三高的级别，位于大关之下、小结之上。大关，原为相扑力士的最高等级，现在仅次于横纲。

4　入幕指成为幕内力士，即在相扑力士等级榜中名列头排，通常只包括大关、关胁、小结以及前头四个级别的力士。

5　国技馆，日本相扑协会的体育设施，明治四十二年开设于东京墨田区的两国。

行司[1]和传唤[2]都分不清,至于横纲的入场仪式、四股[3]的踏法就更是一知半解了。不过,由于我父亲喜欢相扑,经常受到银行客户的招待去看相扑比赛,我也就乘便出入于国技馆。久而久之,我在班上博得了一个"相扑博士"的名头。

我们在小学校园里用蜡石堆出土俵,两个同级生分别报上自己喜欢的相扑力士的名号,随着一声"干吧!"我们的相扑比赛就开始了。我一般担任行司和传唤。

实际上,就算在收音机里听到播音员嘶喊"准备时间结束!行司翻转指挥扇!"[4]但如果从没有亲眼看过,小孩子还是很难想象出"翻转指挥扇"的情景。因此,我当时还得把这些基础知识一一教给同学。

有一天,父亲对我说:"今天带你去国技馆。"我那

1　行司,相扑运动中负责组织管理赛事并且判定胜负的人。

2　传唤,相扑赛场负责宣读力士名号的人。

3　四股,相扑的准备动作,双腿呈叉开姿势,半蹲,手置于膝,交替高抬双腿,用力踏下。

4　相扑比赛时,由传唤宣布双方力士的名号后,两力士同时摆出蹲踞的预备姿势。从出场至开始比赛之间设置有允许力士做准备的时间,行司将水平于地面的指挥扇翻转,宣布比赛开始。

一整天都高兴得没心思听课。

快到国技馆时,我从出租车的车窗看见了一家野味店。不晓得这家店现在怎么样了,但在当时,店头倒吊着几头野猪。一看见野味店,我就知道"马上到国技馆了",心情愈发激动起来。

毁于战火的旧两国国技馆与现在新建的藏前国技馆的最大区别就在于那柄"大铁伞"。

圆形穹顶的中心延伸出呈放射线状的铁骨架,宛如阳伞的一根根伞骨。大铁伞的每根伞骨上装有无数个电灯泡。入场仪式已经结束,随着幕内力士的比赛即将开幕,会场里的气氛逐渐热烈高涨之时,头顶的大铁伞上的无数灯泡一瞬间亮了起来。电灯泡并非一下子全都亮起,而是啪——啪——啪——分三次逐渐明亮起来。兴奋的观众发出地动山摇的呼喊,让我也跟着热血沸腾起来了。

观看相扑比赛着实让人大呼过瘾。刚开始的时候,就连大声为自己喜欢的力士声援都会感到难为情,但是随着整个会场都陷入狂热,不知不觉间,我也被裹挟进这热烈的旋涡,扯着嗓子喊:"上啊!名寄岩——!"

小学四年级时,我在国技馆见证了六十九连胜的双叶山在冲击七十连胜时败给安艺海。这件事我以前也写过，便不在这里重复了。

现在的相扑比赛虽然也有赏金制度，但在我小时候，获胜的力士经常能取得银杯或者盾牌之类的奖品。行司站在土俵中高声宣布："本次作为悬赏奖品的银杯，由大阪每日新闻社赞助……"我们那些小学生可喜欢模仿这段词儿了。

相扑的话题一写起来就刹不住车。对了，说起来，写写那时候活跃的著名力士的特征和绰号，或许会有读者和我一样觉得怀念吧？

我的相扑兴趣主要集中于玉锦时代以后的比赛，那之前的相扑历史就不大了解了。被誉为"相扑之神"的幡濑川，擅长腿法的名手、绰号"章鱼脚"的新海，我都只是略有耳闻。名震天下的出羽岳那时已经掉出幕内力士的行列。我还记得那位著名的大关清水川，在摆架势时昂起镰刀般的脖子睥睨对手。

前文提及了"猛牛"镜岩之名，镜岩也摘得过大关的桂冠，一手不要命似的二丁投[1]绝技令人叹为观止。

1　二丁投，相扑比赛的决胜招数，用腿挂住对方膝盖，将整个人拂腰摔倒。

说到绝技，两国的投橹[1]、笠置山的二枚蹴[2]、五岛的插手拧身摔、大浪的抄腿都是精湛无比的奇招。我们还远远地见过肥州山连续将数名对手摔出场外的壮举。

我记得当时还有"太鼓肚四天王"的叫法，分别是玉锦、大潮、盘石、海光山。海光山的脸长得像鬓角很长的中年妇女，他和最近的青叶城属于同一类型。出身立浪道场的大八洲足足有六尺高，长着旺盛的胸毛，也是个奇怪的力士。

父亲告诉我，德川家达、大岛伯鹤等痴迷相扑的名流那时皆是国技馆的常客，有免费出入的特权。他们悠然地跪坐在楼座上观赛，而我时常向那边投去敬畏的目光。

不妨让我再稍稍列举一二吧。素有古代武士之风的土州山，仿佛从彩色浮世绘版画中走出来的大和

1　投橹，将对手引至身前，使得对方一条大腿内侧贴在自己腿上，而后将对手连提带抢摔倒。

2　二枚蹴，相扑比赛的决胜招数，四手相交的身体姿势下，用插进对方腋下手同侧的脚踢挂对方正对的脚踝，同时将对方身体朝下方拧动使其摔倒。

锦，从幕内垫底一路连胜升至第二、三名的出羽凑，有"炮弹力士"别名的巴潟，被称作"练习场横纲"的五岛，以刻苦训练闻名的和歌岛，长着一张娃娃脸的腿法高手绫升，擅长投技的旭川，精通上推的大邱山、番神山、锦华山，以推手著称的楯甲、驹之里，应征入伍的九州山。

星甲（后更名鹤岭）、源氏山、北海（后更名四海波）、青叶山等力士虽然长期处于十两[1]级别，却各有各的独到之处。源氏山那颗脑袋就跟深深嵌进两肩之间似的。

一般说起美男子力士都会想到鲶之里，但让儿时的我心生"啊！太帅了"的感想的力士是松浦潟，真叫一个威风凛凛，前额的发际线是富士山的形状。他后来改名叫大蛇潟，却是个娇嫩水灵的男人，迷得台下的艺伎们神魂颠倒。但是他出招凶狠毒辣，我还清楚地记得他用一记背摔将对手重重地砸在土俵的沙上。且不说柔道如何，背摔这一招在相扑比赛中是极为少见的。

1　十两，相扑力士中低于幕内、高于幕下的等级，曾为幕下力士前十名的别称。

　　金凑身材矮小但擅长凭技巧取胜,他常年处于幕内力士的低位,被称为"新入幕者杀手",也就是像魔鬼军曹一样的角色。每个刚刚晋升幕内力士的新人都不得不做好被金凑收拾一通的觉悟。

　　我曾经在某家中华料理店和金凑同席就餐。那一晚在孩子的心里留下了太深的印象,便来说说那时的事吧。

　　那是什么时候的事呢?"二战"业已爆发,东京的街头也染上了战时的色彩。警视厅下达了训令,饭馆、能招艺伎游乐的酒馆之类的娱乐场所必须缩短营业时间。想来是昭和十四年左右的事情。

　　我和父亲一同看完相扑后,受一位年轻的土木建筑承包商的招待前往日比谷的陶陶亭。此人特别喜欢金凑,那天恰逢金凑战胜强敌,他便特意设下宴席为金凑庆功。因此,我有幸和这位只闻其名的"新入幕者杀手"坐同一张桌,还正好是脸对脸的位置。

　　对于少年的我而言,对那一夜印象深刻的另一个原因是,正处于战时体制下的东京物资极度匮乏,几乎没有去陶陶亭这种高档饭馆的机会。

　　承包商看上去兴高采烈,满面红光,一个人说个不停。"前些日子,我去看了那些尚未进入等级榜的新人力士的比赛。跟那些相扑通说得一点不差,有意思极了。不过,为了看比赛,天没亮就得起床。我和妻子两个人摸黑爬起来,开车前往国技馆的途中叫警察给拦住了。真是个糟透的时代呐。

"我跟警官解释:'接下来要去看新人相扑。'但跟他们根本就说不通。这些家伙估计听都没听过'新人相扑'这个说法。对方轻蔑地看向这边,指定以为我们是彻夜玩到黎明才回家。警官还讯问道:'这女人是怎么回事?咖啡馆的女侍?舞娘?'哈哈。"

"这可真是无妄之灾呐。"

"对啊。我妻子气得一下子绷着脸,说:'反正我就是个咖啡馆的女侍嘛。'哈哈。"

"原来如此。哈哈。"

承包商一个人说得起兴,父亲没什么兴趣地应着声。另一边,金凑默默地将饭菜一扫而光。

我则是茫然愣神,有一搭没一搭地听着大人们的对话。那之后已经过了四十多年,如今将那段情景重现出来,未曾想那时候的对话竟仿佛刻在我的脑海中。

那是我第一次如此近距离地看到相扑力士，然而，我对金凑本人没有留下任何印象。反倒是"咖啡馆的女侍"让我印象深刻。

狐狸百宝袋

《儿童王国》是大正末年起发行的面向幼儿的绘本杂志,装帧华美,昭和二年七月号刊登了北原白秋的诗歌《郁金香士兵》,插画出自鼎鼎有名的武井武雄之手。

赤红帽,青蓝衣,
郁金香士兵,真美丽。

破土而出,两个连队,
郁金香士兵,真可爱。

这里是太阳走过的大道,
夜晚是月亮大驾光临。

郁金香士兵,睁开了眼睛,
跳起舞蹈,真开心。

后来,梦见了黄昏,
雾霭笼罩,真温柔。

吹响喇叭！鸽子哟，

我的花园，真明亮。

昭和二年时我还没有出生，在那之后，这首诗不知被谁谱成了曲。在我快要上小学的时候，昭和十年前后，童谣《郁金香士兵》广为传唱。

这可以说是我最喜欢的一首童谣了。

即使是现在，我自己哼唱起这首童谣时仍会深受感动，心中充满怀念。

其中的一个原因是，这首童谣寄托着关于礼子的回忆。礼子是邻居 M 家的小孩，比我小一岁，梳着个短发的河童头，非常可爱。她经常和我一起玩，很会唱歌，除了这首《郁金香士兵》，她还会唱《山中的猴子好踢球》《雨中的月亮》。她还能用清澈的嗓音唱赞美诗。

上小学之后，直到二年级我们还在一起玩耍，可到了三年级以后，男生、女生要分班，我们突然就不在一块儿玩了。偶尔在街上碰到了，也只是互相点头示意，仿佛变成了陌生人似的。

当时小学中流行着这样的氛围，谁要是被同级生看到了和女孩一起玩，就会遭白眼，甚至会被孤立。尤其当玩伴是个可爱的小姑娘，那种小孩子特有的污言秽语便会开始口耳相传。这也是我当时不和礼子说话的原因。

每到夏天来临，礼子一家就会去轻井泽的别墅避暑，这在当时算是相当富裕的生活了。庭院里有藤架、池塘、茶室，还有鸟舍，鸟鸣犹如一种奇怪的笑声，他们养着几只名为"鹳"的黑色水鸟。

我还记得在礼子的父亲去世以后，变成寡妇的礼子母亲经常在佛堂诵经。

战后，约是昭和二十一年，我有一回曾在有乐町的电车站台上偶遇过礼子。我那时已经是在旧制高中念书的高中生了，自然不会再刻意回避她。我们笑着聊了会儿天。自那以后，我就再也没有见过她，再无她的音信。

说起令人怀念的歌谣，家里的女佣曾经教过我几首。

首先需要说明的是，当时的中产阶级家庭雇女佣绝不是什么稀罕事儿，而且"女佣"这一称呼怎么瞧也不是蔑称。我想来讲一讲我敬爱的女佣丰野。

沙啦沙啦,细雪飘落。

乘上滑雪板出发吧!

一起去滑雪,

在广阔的原野上,

呲呲咔呲——呲呲咔呲——

　　这是丰野教给我的歌。她出生于埼玉县入间郡霞关的高尔夫球场旁的小村落,小学毕业后就来了我家。她头脑很聪明,性格好胜,于我而言是要好的伙伴。我们总是吵架拌嘴,但这一点也很让人怀念。顺便一提,这首调子好听的《沙啦沙啦》是由高野盛义作词、中山晋平作曲的。记得还有一首是这么唱的:

落在屋顶上的声音。

是冰雹吗?雪吗?是落叶吗?雨吗?

残留未消的枯草,

仿佛鹰的羽毛,四散飘落。

　　这也是丰野教我的歌。虽然听不大懂,但我想应该是从欧洲传来的曲子,总感觉歌词翻译得不太好。

对于同一首歌,在拙荆的回忆中,母亲教给她的歌词和我所记得的有所出入。最后两行歌词变成了:

> 残留的松树篱墙下,
> 我正在静待含苞欲放的梅花。

"松树篱墙"这种说法有些奇怪,大概率是她记错了,但这句歌词让人觉察不出翻译的痕迹。

既然洋洋洒洒写了这么多,那就必须要提一首我母亲经常唱的歌了。年轻时的母亲非常喜欢处于草创期的宝冢少女歌剧的歌曲,总是喜欢哼唱几句。我记得的歌词是这样唱的:

> 落在人间的雷是父子,
> 纵使想返回天上,
> 却因为没有云而不得归。

真是首奇怪的歌呐。但这好像也是宝冢的歌。

初夏时分,轰隆隆的雷鸣骤响,母亲就在房间里挂起蚊帐,躲进蚊帐里大声唱这首歌。犹记得她当时还摇着蒲扇。这么写来,或许有人脑海中会浮现出一个疯女人的形象,然而在我距今已相当遥远的记忆中,所有的登场人物都仿若皮影戏的人物一般被简化了。

说起奇怪的歌,我还记得这么一首,已经忘记是谁教给我的了。

　　白头子,找阿姨。

　　讨来顶,白帽子。

　　啊,哩恰喀哩的,

　　哩恰喀哩的,

　　哩恰喀哩的哩。

虽然是这样一首莫名其妙的歌,却有种不可思议的魅力。

不记得是什么时候了,有人在《朝日新闻》的投稿栏刊登了对这首歌中的"白头子"的考证。据其所说,"白头子"并不是某个女孩子的名字,而是一种栖息于台湾岛的鸟类,属于鹎科,学名叫作"白头翁"。如其名所示,这种鸟的头上长有帽子形状的白毛,所以才会有戴着顶白帽子的说法。

然而在我的脑海中，戴着顶仿佛白色贝雷帽一样的帽子，梳着河童头的那个女孩的身影，始终挥之不去。

再与诸位说一首奇怪的歌谣吧，尽管我只记得其中一小节。四十年前的记忆已如幻影般模糊，但那首曲子宛如镌刻在我的脑海中，直到现在我还能准确无误地把它唱出来。不过，知道这首歌谣的人，我至今也没有遇见过。

狐狸的百宝袋，发现了；

山间的雷阵雨，落下了；

赤红的太阳，照进树丛；

寒蝉在枝上。

对于这首歌谣的题目、词曲创作者，我一无所知。

所谓"狐狸的百宝袋"，究竟是什么呢？我尝试翻阅了辞典，找到了"狐茶袋"这个词条，是一种罂粟科植物，别名叫作"刻叶紫堇"。

"狐茶袋"词条下还有其他义项，似乎是一种被称作"马勃"的蘑菇（或者被称为"地星"）。它还是诸如

"叶下珠""野鸦椿"之类的植物的别名,但我总觉得,歌谣中所唱的"狐狸的百宝袋"不应该被看成一种蘑菇。

孩子们在森林中寻找蘑菇——我在脑海中自顾自描绘出这样的宫泽贤治风格的印象,或许,这只是我一厢情愿的想象罢了。

我从未遇见听过这首歌谣的人,怎么想都让人觉得不可思议,我甚至不禁疑惑,莫非这首歌谣只是我脑海中生成的幻想?无论是谁也好,如果知道这首歌谣,请务必告知我。

昭和十一年前后

在迪麦特雷克导演的《百战雄狮》(*The Young Lions*)里，马龙·白兰度饰演了一名纳粹军官；维斯康蒂的《纳粹狂魔》(*The Damned*)中，赫尔穆特·贝格演的是一名性倒错的党卫队队员。看这些电影时，每当纳粹冲锋队的队歌《霍斯特·威塞尔之歌》响起，我也不由得跟着心潮澎湃。

> 旗帜高扬，
>
> 队伍紧排。
>
> ……

我这么一写，可能有人就要皱眉了。"听纳粹的歌感到激动怎么像话！"可能还会有人怒不可遏。但是，这就好比听到从柏青哥馆传出的《军舰行进曲》[1]旋律，我们就会觉得今儿个手气指定不错。大可不必那么神经质。

对于昭和十年初还是小学生的我们而言，《霍斯特·威塞尔之歌》只是"令人怀念的旋律"罢了，并无

---

[1]　《军舰行进曲》，濑户口藤吉作曲、鸟山启作词的进行曲，旧日本帝国海军及现在的海上自卫队的军歌。

其他意味。就像对于比我们年长一些的人来说，乌发电影公司的主题歌格外令人怀恋一样，《霍斯特·威塞尔之歌》能勾起我们的怀念，和意识形态毫无瓜葛。[1]

仔细想来，极少有人愿意书写这个时代的社会氛围。或许是因为难以下笔吧。在太平洋战争爆发前的一段时期，也就是从昭和十一年日德签订《反共产国际协定》到昭和十五年德意日缔结三国同盟为止，我们这些小学生也经常会听到关于盟邦德国和意大利的事情。我还记得在小学里常常用蜡笔在纸上画纳粹的反万字符和意大利的三色旗。

收音机里每周都会播放日德交换广播或者日意交换广播。也就是东京-柏林或者东京-罗马之间互相播放对方的信息和新闻报道。首先响起的是混入杂音的《霍斯特·威塞尔之歌》，然后，就能听见德国播音员用蹩脚的日语说："日本的朋友们，大家好！这里是

1　本文所记录的是涩泽龙彦对昭和十一年日本社会流行的电影乐曲的印象式回忆，当时他是一个年仅八岁的孩童，从这些回忆中可以看裹着流行音乐外衣的法西斯主义的煽动性。对这一段历史的回忆，有助于我们持有一种警醒的态度。——编者注

柏林广播台……"

罗马广播台一般会先播放法西斯之歌[1]。不得不说,这歌的调子挺耐听的。

> 青年队伍,青年队伍,
>
> 多美好的青春时刻。
>
> ……

也许有人还记得,因为贝纳尔多·贝托鲁奇最近导演的电影《蜘蛛的策略》(*The Spider's Stratagem*)采用了这首法西斯之歌。主人公是反法西斯运动的战士,他在黑衫军[2]士兵面前随着这首歌跳起了轻快的舞蹈。

那已经是十年前的事情了。在我留宿于罗马的一家酒店时,酒店前台有个奇高无比的意大利人,我注意到他吹的口哨正是法西斯之歌的旋律。有天晚上,

---

　　1　指《青年》,系意大利国家法西斯党的党歌,宣扬以军人为中心的法西斯主义思想。
　　2　黑衫军,墨索里尼在"一战"后组建的民兵组织,是国家法西斯党的行动队,以黑衬衫为制服而得名。

我醉醺醺地回到酒店。在前台拿钥匙的时候，我模仿他吹起同样的旋律，他只是不动声色地笑了笑。

恐怕，对于那个和我几乎同龄的意大利人而言，法西斯之歌也只不过是"令人怀念的旋律"罢了，不包含任何其他感情。我也不觉得他会是什么新法西斯主义者。

听着收音机我忽然想起，那时候有个叫作《告别黄昏上前线》的广播节目，主题曲用的是海顿的小夜曲。"对对！确实如此。"肯定有读者正恍然大悟地拍膝盖呢吧？

希特勒青年团（Hitler-Jugend）访日是在昭和十三年的夏天。他们在电影《铁皮鼓》中也有登场，穿着短裤的姿态令我们过目难忘。当时还念小学四年级的我们，压根儿不懂得法西斯在政治上意味着什么。我记得那时日本的收音机里经常播放希特勒青年团的团歌。

　　光辉灿烂的十字党徽。

　　欢迎你，来自遥远西方的盟友。

　　……

　　Jugend 的意思是"青年"，但是对此一无所知的小学生总是把 Hitler-Jugend 连着念，还以为 Jugend 是希特勒的名字。姓 Hitler，名 Jugend，这么以为的人不在少数。

　　第十一届奥运会在柏林举行，即在两年前昭和十一年的八月。莱妮·里芬斯塔尔[1]的名字最近似乎再度受到瞩目，其实，我们小学就组织过去观看她的《民族的节日》与《美的祭典》。

　　奥运会的举办时间恰好与暑假重合，我得以在避暑胜地的千叶县大原海岸的旅馆里收听实况转播，听着河西播音员的助威呐喊，"前畑！加油！"正好处于暑假，用不着第二天早起去上学，因此，我就和大人们一起收听奥运会的实况转播到很晚。庆幸的是，我就是从那时候开始对奥运会产生浓厚的兴趣。这件事发生在昭和十一年。

　　摄影家桑原甲子雄先生出过一本名叫《东京昭和十一年》的写真集，一翻可真令人怀念。不可思议呐，昭和

　　1　莱妮·里芬斯塔尔（Leni Riefenstahl，1902—2003），德国演员、导演、舞者，曾为纳粹党拍摄宣传片而备受争议，其为柏林奥运会拍摄的纪录片《奥林匹亚》在摄影技法及美学方面对后世电影产生了深远的影响。

十一年确实是充满象征意义的一年,无论在政治、社会以及文化方面,都发生了许多重大事件。我将桑原先生在书中列举的昭和十一年大事记引用如下:

○　二二六事件,重臣遭到暗杀

○　日本退出《伦敦海军条约》

○　日德签订《反共产国际协定》

○　日本取缔劳动节

○　大本教[1]、人道教团[2]受到镇压

○　意大利与埃塞俄比亚合并[3]

○　法国人民阵线内阁成立

○　西班牙内战爆发

○　鲁迅逝世,西安事变

○　阿部定事件

　　1　大本教,神道系的宗教之一,建立于明治二十五年,宣扬末日论与理想世界的再造。昭和十一年,在政府镇压下受到毁灭性打击,"二战"后重建。

　　2　人道教团,今日本完美自由教团(PL教团)的前身,成立于大正时代的新兴宗教团体。

　　3　1935年至1936年,意大利进占埃塞俄比亚。

此外还有柏林奥运会,荷风写出《墨东绮谭》,堀辰雄写出《起风了》,德田秋声写出《缩影》,皆是在这一年。

然而,对于这一年还在小学念二年级的我来说,还有一件难以忘怀的事情。那便是上野动物园的黑豹从铁栅的间隙逃了出来,在东京引发了大骚动。虽然听起来像傻不拉儿的漫画情节,却给年幼的我留下了深刻印象。这件事确实也被改编成了动画电影。

那之后——是昭和几年的事儿来着?我记得不太清楚了。在上野的池之端举办了一场名为"鲸馆"的博览会,展示了一只巨大的真鲸鱼。我想,这也是昭和十一年前后的事情吧。然而,岩波书店的《近代日本年表》也没有相关记载,很遗憾没法知道举办"鲸馆"的确切时间。在意大利大使馆的斡旋下,上野还举办了列奥纳多·达·芬奇的展览,但那已经是昭和十七年的事儿了。

前面我也提到了,每年夏天,我们一家就会到房州的大原町度假,在距镇子不远的盐田川旁的松林中的旅馆住上几周。从昭和十年至太平洋战争爆发那一年,我每年都一定会去大原町。从两国站乘火车去避暑是那时东京人的时尚,我觉得去轻井泽之类的地方度假的,有一个算一个都是假绅士。三岛由纪夫《天涯故事》的舞台也是房州的海岸。战后,我有一次出于怀旧的情绪去了趟大原町,但是与昔日大不相同,松林不见了,沙滩也变得狭小逼仄,那种彻底的幻灭感让我至今记忆犹新。

但是至少在昭和十一年前后,大原海岸是最好的海水浴场。立教大学的学生们在这附近的森永露营之家打工,入夜之后,人们会在沙滩的广告塔下围成一圈跳盂兰盆舞。

在蛇眼的阴影里哭泣,
燕子瞥了一眼就飞走了。
请放弃吧,五月的梅雨,
淋湿了焦急等待的人,
嗳呀,雨在落下。

不知是市丸还是美奴的唱片不知疲倦地重复着,从东京来这里消夏的人们,不分男女,整夜都在这片海滩上跳舞。昭和十二年时,尽管亚洲形势剧变,日本国内仍处于一个悠闲的时代。

夜空中的星星仿佛要坠落似的，至于我，对大人们正沉浸其中的盂兰盆舞毫不关心，只是抬头望着夜空，寻找星座的位置，"那是仙后座，那是北斗七星……"仰望夜空的时候，偶尔还有几颗流星划过。

还是得声明一下，我小时候并不知道《霍斯特·威塞尔之歌》和法西斯之歌的歌词。小孩子只知道听旋律。昭和二十年上了旧制高中之后，我才从前辈那儿知道了歌词。八月十五日前一直处于灯火管制的旧制高中宿舍当中，B29 轰炸机令人胆颤的爆炸声夜复一夜地响起。

　　　同志们，纵使命丧赤色分子和反动派之手……

即使今时今日，我在喝酒时候仍会凭着依稀的怀念感，哼唱出这首歌，搞得身边的年轻人不知所措。可是，解释又显得很愚蠢，我并非和纳粹有共鸣，也不想怀念希特勒。只不过是在酒精的梦幻中重现我的少年时代罢了。

芦原将军[1]所在的学校

1　芦原将军，本名芦原金次郎（1852—1937），明治至昭和年间著名的精神病人，患有"狂躁症的夸大幻想"，被送入东京疯人院后多次脱逃。1905年日俄战争胜利后，他病情加重自称"将军"，昭和时代甚至妄称为"天皇"。

　　《东京文学地名词典》的"巢鸭医院"词条下有这样的描述，尽管有点长，我还是想加以引用：

　　"东京巢鸭医院坐落于小石川驾笼町（文京区千石一丁目）。其前身是明治十二年在上野公园的旧护国院院内创立的东京疯人院，明治十四年新建于本乡东片町，明治十九年迁至小石川驾笼町，明治二十二年后更名为'东京巢鸭医院'。曾任东京帝国医科大学助手的斋藤茂吉于明治四十四年成为该医院医生。根据是年的《东京巢鸭医院年报》，该医院占地两万两千九百三十一坪[1]，拥有三十九栋病楼、两百九十三间病房。同年接收男性患者三百二十一人，女性患者两百六十四人。当时所说的'去巢鸭'即指去巢鸭医院或者巢鸭监狱。后于大正八年迁至荏原郡松泽村，更名为'府立松泽医院'。"

　　因此，我们那时会指着脑袋有些奇怪的人喊"从松泽出来的"。

　　大正八年，在这占地广阔的巢鸭医院一隅建成了一所旧制中学，也就是后来我上的初中。直到我们那

　　1　坪，日本面积单位名，约为 3.3057 平方米。

时,著名的芦原将军的传说依然在学校里流传。芦原将军似乎是巢鸭医院迁往茌原郡松泽村时和别的患者一起搬过来的。

不知道是真是假,反正有这么个传说,初中部的学生们在校园里喊着"一、二、三"做体操的时候,芦原将军便会摇摇晃晃地从病房里出来,威严十足地朝学生发号施令。体操老师的指示和芦原将军的号令混在一起,搞得学生们晕头转向,一时间竟手足无措。这场景简直像喜剧电影中会出现的桥段。

根据我们中学的同窗会会长福岛慎太郎先生的回忆:

"我们当时是第一届入学的学生,总共有一百六十人。在巢鸭医院的角落有两栋校舍,开校那会儿真是一穷二白呢。医院那时还没有搬去松泽,我们偶尔还能亲聆芦原将军的教诲。"

既然有当时的证人给出详尽的证词,那我刚才说的逸闻想必也就并非空穴来风了。

不过,疯人院毗邻初中,病人与学生自由交流,正因为有过这样宽容的时代,才会让后来人羡慕不已。想必这也会起到极佳的教育效果。福岛先生非常巧妙地用了"亲聆教诲"这种说法,可谓一言中的,至少比起亲聆政治家之流的教诲,芦原将军的教诲更能对少年的将来有所裨益。

这所中学最初叫作府立五中,后来改称都立五中,也就是战后的小石川高中。我一点都没有想要表达对母校的自豪,所以前面故意不写学校的名字,不过,一直故作神秘地写作"中学",也显得不爽利,索性就把学校名字明说了吧。我是昭和十六年四月入学,正好是太平洋战争爆发的前夕。

此前,府立五中的校服是西装搭配领带,时髦极了,可从昭和十六年开始,全国的初中校服统一变成了卡其色(当时叫作国防色!)的国民服和战斗帽,我们都失望得不得了。而且,校服用的还是那种非常薄的化学短纤维(现在的年轻人大概叫人造棉?),别提有多逊了。不,不仅如此,学校还强制我们上下学的时候必须穿绑腿。

要说惹人烦心,我不知道有什么东西能比得过绑腿的。或许是因为我本来就笨手笨脚的,抓不住诀窍,总是没办法把绑腿裹好,但还有一个原因是,我天生是 O 型腿,腿肚子上没什么肉,怎么穿都不像同级生那样潇洒。一旦跑起来，绑腿半道儿就开始滑落。我时常想到，现在的年轻人真幸福呀，再也用不着裹那么麻烦的玩意儿了。

我从中里的家出发，每天都走路到驾笼町的五中上学。

在一条被称作"田端银座"的商店街入口，向左便能看到填埋了旧谷田川后新修的道路，横穿过那条路之后，便来到一个叫作"木户坂"的陡坡。这里曾经是木户侯爵的宅邸，郁郁苍苍的楠树舒展枝条，即便白日也寂静无声。爬过木户坂直走，就到了从驹込站前开往富士前町的市营电车通过的大路。然后从六义园边上穿过去，走过大和乡的屋敷町，就能直接走到驾笼町的十字路口了。全程大约需要二十分钟。

爬木户坂的时候，袭来一种既视感。即是说，虽然想不起来是何时何地，但我总觉得，自己曾在遥远的往昔攀爬过和木户坂十分相像的坡道。那是时间戛然而止的感觉，亦是伫立于永恒之中的感觉，奇妙地在胸间隐隐作痛。或许形容为一种净福感也不为过。

每当时至初夏，楠木的新叶青翠欲滴，白砖铺砌的坡道上，叶隙漏落的阳光描绘出纷纷扬扬的斑驳树影,我那种既视感就会出现。忘了说,木户坂呈现迂缓的蛇形,一面是悬崖。足音回荡间,在这条坡道上奔跑的,总是只有我一个人。时而还有春蝉"知了、知了、知了"的鸣声。

东京的山之手地区的特点就是坡多,这个木户坂虽然很小,却是我记忆中难以忘怀的坡道。

大和乡那时是若槻礼次郎等重臣或者大臣级别的政治家居住的地方,是一片整洁有序又很幽静的公馆街。但不知为何,总有流浪狗在那一带徘徊。冬天的清晨,五中的学生陆陆续续走过这边的街道,看见一只母狗旁围了几只喘着粗气的公狗,可能是在给纯真的中学生上性教育课吧。

某座公馆门口常有一位气质很高雅的大小姐在清扫。"今天她也在做清扫吧?"我每天上学途中都会满心期待。这也是发生在大和乡的事情。本来嘛,像我们这种毛栗子头上扣着顶战斗帽,穿了身薄薄的人造纤维制服,肩膀上挎着书包的小个子初中生,也不可能得到大小姐的青睐。

若说无聊,想必没有比我们的中学时代更无聊的时代了。

其实仔细想想，我们这一代人也度过了极不寻常的校园生活，因为战争，旧制中学的学生们被强制要求四年才能毕业。想必除了我们以外没有人经历过吧。而且在学业之余，我们经常被强制参加劳动征员，偶尔上街去电影院或者咖啡馆，还会被佩戴辅导协会徽章的可怕大叔抓住，简直可以说是束手束脚、毫无自由的状态。

中学三四年级的时候，战局变得越发凄怆苛烈，我们完全放弃了学业，几乎终日在工厂里劳动。我们在板桥区的一个小合金工厂里干活，连个穿扎腿式劳动裤的女学生都没有，实在大煞风景。

话虽如此，五中在当时称得上是自由主义，甚至被当局给盯上了。自由主义究竟是什么？

简明扼要地说，自由主义就是说学生们全都很文弱，很胆小，没有气概。实际上，我在初中连一个硬汉都没有见过。在电车中被那种女流氓恶狠狠地瞪一眼，就会忸怩地涨红了脸，低头不语，净是些这样的家伙。

虽说如此，我却认为自己的中学时代也并非那么无聊。确实，在战争的环境下被限制了相当程度的自由，但相应地，我们也做出很多孩子气的恶作剧去反抗无聊的老师。换言之，我们采用游击战术，拼命在不自由的中学时代里找乐子，所以，尽管是无聊透顶的时代，我却没有留下多少灰色印象。

我是再也不想穿绑腿了。我不想因为绑腿而使我的青春变成灰色，事实上，青春也不应该是灰色的。

说起中学时代的恶作剧，还记得我们在野外军训结束回去的路上，连军训服和绑腿都没脱，好几个人就一起偷偷潜入板桥的成增机场。在我们眼前，陆军战斗机"钟馗"一架接一架从机场跑道起飞。这时候，只用看的已经无法满足我们了，朋友 A 拿出了相机。"快住手，被发现的话会被当成间谍的。"我们虽然嘴上这么说，然而，违禁的快乐让每个人都兴奋不已，不知不觉间，我们已经组成人墙把 A 围在正中间。这自然是为了掩护正在调试相机的 A 的身影。终于，听见了 A 按下快门的声音，我们紧张得心脏扑通扑通直跳，向周围投去警戒的目光。

这件事还有后续，我们被宪兵狠狠训斥了一顿。朋友 M 在给身在"满洲国"的叔父写的信中，粗心大意地写上了成增机场的事。这封信卡在了审查上，被人开了封。某一天,我们正在进行期末考试时,穿着长靴的宪兵气势汹汹地冲进了教室。我们这些成增事件的共犯,个个吓得脸色煞白,这已经不是对考试那种程度的害怕了。

　　那是我第一次切身体会到宪兵的恐怖,也是最后一次。与此相比,芦原将军简直像仁慈的神明。

漫画嘉年华

　　说起小野寺秋风,恐怕现在已经没有多少人记得这个名字了。不过,知道这个名字的大概也是性情古怪之辈。没错,他是昭和十二三年活跃于讲谈社的《幼童俱乐部》等杂志的漫画家。至于他是否还在人世,我就不太清楚了。

　　小野寺先生当时住在泷野川中里,与我家仅隔咫尺。他的小孩跟我上的是同一所小学。他太太那张特征明显的脸我都还记得一清二楚,但我一次也没有见过她丈夫小野寺,或者说,漫画家小野寺本人。

　　小野寺的家是圆胜寺隔壁的一座洋房,从寺庙院内可以看到洋房二楼的窗户。若是从窗下仰望的话,还能看到墙壁上满满当当的画。这是孩子们玩耍的涂鸦。漫画家的房子果然与众不同呐,我记得小时候曾在心底这样感慨过。

　　当然,如果说起当时的漫画家,且不论田河水泡这样流行的人气漫画家,能成为大众媒体宠儿的人少之又少。小野寺先生也并不是那么有名。那个年代的漫画传媒与现在不可同日而语,影响力很有限,杂志的数量也非常少。如果不是像我这样瞪大眼珠子把《幼童俱乐部》和《少年俱乐部》从头翻到尾的读者,大概是不会记得有小野寺秋风这么个漫画家的。

而且，小野寺秋风也没有拿出可圈可点的连载作品。在当时以讲谈社为主要阵地进行创作的漫画家中，他并非令人眼前一亮的存在。画出《野狗黑吉》《凸凹黑兵卫》《章鱼小八》的田河水泡，《冒险滩吉》的岛田启三，《穿长靴的三个火枪手》的井元水明，《团子串助漫游记》的宫尾重男，《日丸旗之助》的中岛菊夫，《坦克太郎》的阪本牙城，《小熊杀助》的吉本三平，《虎之子小寅》的新关健之介，《河马先生》的芳贺真雄，再加上泽井一三郎、仓金良行、帷子进、石田英助，与这些人相比，小野寺秋风一直都不太起眼。

我一股脑就把想到的漫画家和作品列了出来，不过这么一想，抛开《野狗黑吉》不说，让我印象最深刻的是阪本牙城连载于《幼童俱乐部》的作品《坦克太郎》。

这部作品应该归类于那种稀奇古怪的漫画，在故事的开端，东海道的松树大道上有一个状似煤球的不明黑色球体骨碌碌地滚动。路过的人凑近瞧了瞧，也没看明白是什么东西。其实，这个球体就是坦克太郎，球上有几个洞，他可以像乌龟一样从洞中伸出手脚，探出脑袋。那是一张蓄须的武士面孔，梳着丁髻[1]，脚上还穿着长靴。

更令人惊奇的是，坦克太郎拥有可怕的超能力，从球体的洞中伸出的不仅有手脚，他还不断使出刀剑、猎枪和手枪等五花八门的武器。

当危险逼近，太郎就像乌龟一样将脑袋和手脚缩进洞中，身体变得圆滚滚的话就能在地面上随意滚动了。正当你以为这就要结束时，他又突然从洞中伸出螺旋桨和机翼，如同飞机般在空中盘旋。

坦克太郎的宿敌是被称作"黑头盔"的怪人，其肉体构造的奇怪程度丝毫不逊色于坦克太郎。他的脸活像铁头盔，身上罩着一件披风。每当遇到紧急情况，"黑头盔"都会钻进潜水艇，他的头却像司令塔一样，总是露出在水面上，让人啧啧称奇。像飞机一样在空中自由盘旋的坦克太郎，像潜水艇一样在水中疾速驱驰的"黑头盔"，经常上演波澜壮阔的一对一战斗。

嘛，《坦克太郎》应该就是荒诞漫画的鼻祖，或者也可以将其视为一部 SF（科幻）漫画。当时，也就是昭

1　丁髻，江户时代的男子发型，前额剃去大片头发，将剩余头发在脑后绾成发髻。相扑力士至今仍保留这种发髻。

和十年前后,这样的作品是极其罕见的,所以给少年的我留下了深刻印象。

《凸凹黑兵卫》是刊登在《妇人俱乐部》别册附录上的漫画,因此,我总是在书店前跟母亲要无赖,央求她给我买了很多期杂志。在当时,想必有很多母亲都耐不住孩子撒泼,不情不愿地买下了压根没兴趣看的杂志。这么想来,讲谈社也是罪孽深重呐。

需要向不知情的读者解释一下,田河水泡创造出的黑兵卫这一角色不是人,而是一只黑兔。黑兵卫的父亲是一名医生,也是凸凹医院的院长。黑兵卫有可爱的女朋友,名唤小白,是一只白兔。如果我没有记错的话,小白无父无母,由奶奶抚养长大。

黑兵卫的作业没有写完,上学还迟到了,老师就惩罚他站在酒桶上。和早期作品《野狗黑吉》一样,主人公一直都在失败。就当我以为原来是这么个故事的时候,黑兵卫和小白漂流到了魔法师居住的小岛,演绎出一段波澜万丈的冒险故事。直到现在我还清楚地记得,邪恶的魔法师名叫"胡麻卡"[1]。

1　取自日语中动词"胡麻化す(ごまかす)"的谐音,意为隐瞒、诳骗、掩饰、敷衍等。

时代流转,感叹词也在不停地变化。我念小学那会儿,大多数漫画中最频繁使用的感叹词包括"唔哎——""啧""嗒哈""嚯嚯",当时还没出现"哎哟哟"之类的词。

然而,以《野狗黑吉》为代表的田河水泡漫画中,这类的感叹词少得可怜。也不是说感叹词少就是好文章了。田河水泡的作品胜在台词的格调很高蹈。我想《野狗黑吉》之所以能风靡一时,其中一个理由便是这部作品的台词写出了日语的醇正味道。

自诩为田河水泡作品"权威"的手冢治虫先生写道:"田河漫画的一大特色就是精彩的插科打诨。"确如所言,却也不只如其所言。首先,田河作品的台词具有极其高超的文学质感。

硬要说的话,我的文章修行的第一步,便是在六七岁终于能读书识字时每日熟读推敲《野狗黑吉》。我打小就对《野狗黑吉》爱不释手,虽然难以启齿,但其实我和手冢治虫先生一样,私下里自诩为野狗黑吉学的"权威"。直到现在,我还能脱口而出《野狗黑吉》中的很多台词。

我想再次借用手冢治虫先生的话,田河漫画无一部不保持着"极清澈的风格"。我愿将其称作古典派。与简洁的画风相应,张弛有度的台词也充满古典风格。我也爱读大城登的《珍太二等兵》,但单从台词的趣味程度而言,它与《野狗黑吉》仍然相差甚远。

"船出海了。土著民要回去了。在这陌生的海岸上,只有我自己。"

"处处模仿野狗大人的话,我是不是也会变聪明一点呢?"

"嘿——嘿——嘿——,我买了块镀镍的手表。虽然是便宜货,但这样就不会被连队里那几个戴手表的家伙讨厌了吧。"

"是的,河马太夫。工作忙完了,接下来轮到动物曲艺管弦乐团上场了。"

刚念小学的孩子也能够流畅地阅读这种汉字和平假名混杂的文章,全是因为《野狗黑吉》中的汉字一律标记了注音假名。只要有注音,再怎么难的汉字,就连幼童也能朗读。

日本战后教育的一大败笔就是实行了标榜"舍弃注音假名,就能强化汉字学习"的民主化改革,将那些非常方便的注音假名一扫而空,实在是愚蠢透顶的想法。

　　很多人都和我一样,承蒙注音假名的恩惠,一本接一本如饥似渴地读书,才记住了许多汉字。取消注音假名着实令我们感到说不出的遗憾。应该很多人都与我深有同感吧?

　　《野狗黑吉》陪伴了我的成长历程,一谈到《野狗黑吉》的话,我就会不自觉地提高嗓门,对这部漫画的魅力不吝赞词。但是,我必须提前说一嘴,我只喜欢《野狗黑吉曹长》之前的部分。野狗黑吉进入士官学校以后的故事,怎么都喜欢不起来了。事实上,没有兴趣也就不会再读了。正如手冢治虫先生所说:"野狗黑吉身上的人道主义中途彻底变成了爱国心。"这就寡然无味了。

　　说来,两三年前,我记得曾在报纸上看到了阪本牙城的讣告。小野寺秋风先生如果还在世的话,他又在做些什么呢?圆胜寺旁的洋房已经在昭和二十年四月十三日的大空袭中烧毁。自那以后已经过去了近半个世纪,想起那些事仿佛还在昨天。

幻影隧道

"日本最长的隧道是?"

"清水隧道。"

"那么世界上最长的隧道是?"

"美国的汉基顿隧道。"

从孩提时代起,我一直都是这么记得的。可巧我现在手边有一套百科全书,便顺手查阅了一下,却发现世界上哪里都不存在一条叫作汉基顿的隧道。真是不可思议呐。

我的少年时代已经逝去了四十年,隧道技术想必也在这四十年间取得了飞跃性的进展,世上应该已经有很多比汉基顿更长的隧道了吧? 然而,无论哪本百科全书中列举的世界上最长的隧道,都是竣工于二十世纪初的、横跨瑞士和意大利的辛普朗隧道。既然如此,这条隧道在我的孩提时代就早已存在了。

究竟是哪里出了差错? 为什么我会记住"汉基顿"这么一个不存在于世界上任何地方的隧道的名字呢?

记忆真是不可思议的东西。这条隧道的名字一如幻影般被刻在脑中,另一方面,却又像电脑将精确得令人恐怖的数字拷贝于脑海。

"神风号的纪录是？"

"九十四小时十七分五十六秒。"

我当即脱口而出。我总是下意识地记住一些无聊的事情，怎么也忘不掉，连我自己都对此感到厌烦了。

昭和十二年四月，朝日新闻社的访欧机神风号创造了从东京至伦敦的新的世界纪录。神风号平均时速达三百千米每小时。航线向南，途中有过几次着陆。当时还没有喷射机，人们还完全无法想象从日本飞到欧洲中途不需要着陆。

尽管如此，现在的年轻人看到这个纪录依然会感到震惊吧。"九十四小时十七分五十六秒？那不就是花了四天吗！"即使如此，这在当时也造成了很大的轰动，两名飞行员饭沼正明和冢越贤尔被视为英雄。

"火星的卫星是？"

"火卫一和火卫二。"

这些知识大概是我从海野十三的少年科幻小说《火星兵团》里记住的。

东京最早的天文馆建立于昭和十三年，位于有乐町的东日会馆（曾经是每日新闻社的大楼）的楼顶。这给当时求知欲旺盛的中学生和小学生带来了相当大的影响。我们经常在学校放假的日子里约上朋友一起去东日天文馆玩。

那时候，有乐町朝日比谷方向的出口还很僻静。在行道树的林荫下，经常有手执千人结[1]的女人驻足翘首。

当时大概有很多孩子都是用惊诧的目光望着天文馆，一度梦想成为天文学家。

"世界上最小的国家是？"

"梵蒂冈。"

"接着是？"

"摩洛哥。"

"再然后是？"

"圣马力诺。之后是列支敦士登。随后是安道尔。"

在地图上寻找那些小小的独立国家实在饶有趣味，至少对我来说，小国比大国更让人感兴趣，尤其是那些袖珍国家。一说到小国，莫名就会联想到童话中的国度或者桃源乡，让孩子们心向往之。

五年前，我从西班牙巴塞罗那乘电车去法国，途中

1　千人结，"二战"时盛行的习俗，一千名女子在一块布上用红线各缝一针的缠腰布，送给出征士兵以祈祷平安归来。

必须穿越比利牛斯山脉,那时,我就想顺道去比利牛斯山中的小国安道尔看看,但由于时间问题未能成行,不免还是有点遗憾。

不过,去年在意大利旅行途中,我在这些袖珍小国中的圣马力诺住了一宿。便来说说那时的事吧。

圣马力诺共和国距离守望亚得里亚海的城市里米尼非常近。里米尼是世界著名的海滨浴场,我到访的时候恰好是夏天最热的时候,很多德国和瑞士的外国游客特意来这里度假。海岸的沙滩上有数不清的遮阳伞和更衣用的四角小屋。

在里米尼的海水浴场上稍微玩了一会儿,我就去市内的餐厅享用午餐的鱼肉菜肴。随后,我坐出租车前往圣马力诺。路程顶多也就十几千米。

驶出城市后很快就能望到远处的山。司机指着那座山向我介绍:"那是蒂塔诺山。山上的城市就是圣马力诺。"原来如此,矗立在远山上的那座城市依稀可见。

终于越过了国境。虽然有国境线标志,也有警察驻守的岗哨,实际上却不需要办什么手续,通行的货币也是意大利里拉。

道路逐渐向上蜿蜒。我们登上了山。由于气压的关系，我的耳朵里一直响着噗通、噗通的空气音。

到达山顶的时候，必须在城门前下车。圣马力诺市建造在蒂塔诺山山峰的斜面上，四周城墙环绕。因为处于悬崖峭壁之间，不难想象其守备之坚固。但在我的第一印象里，圣马力诺是一片清静且健康的风景胜地，来者仿佛置身于瑞士。

狭窄的坡道两旁是鳞次栉比的土特产商店，让人想起法国的圣米歇尔山或者日本的江之岛。但不管怎样，圣马力诺位于高山之巅，和那些岛的意趣又迥然有异。

无论哪一家土特产店都摆满了琳琅满目的邮票，因为邮票是这个国家的主要财政收入。店家还售卖贴满各种邮票的明信片。不需要客人一一费心挑选，店家已经周到地提前准备好了。这么说起来，念初中的时候，我也和同龄人一样收藏过邮票，但那股热情现在已完全冷却了。

正值度假的季节，青年男女和携家出游的人群熙熙攘攘，酒店也人满为患。我们终于在坡道最上方的小旅馆租到了房间。

这是一家兼营酒吧和土特产商店的旅馆。只有淋浴，没有浴缸，但这也是没办法的事。在这种地方没法讲求奢侈。

即便如此，在这样的高山上（海拔七百五十米）还能有洗澡水，对此我是深感钦佩的。

另一方面，从这座旅馆能眺望到绝佳的风景，若是不小心打开了窗户，猛烈的风穿堂而过，让人完全忘记山下的炎热，无比清冽爽快。

日落时分，我悠闲地在石板铺的坡道上散步，在广场的咖啡馆喝了啤酒。然后登上了城市最高处的瞭望塔，在逶迤曲折的城墙上踱步，买了些邮票和明信片，逛了逛土特产店，晚饭吃了圣马力诺当地有名的烤香肠。还有一座蜡像馆，我就突然来了兴致进去瞧瞧。这种蜡像馆在欧洲的繁华地段很常见。

不知为何，圣马力诺土特产店里的售货员都是可爱的少年。餐厅里的侍者似乎也多是少年。并不是说没有女孩，只是男孩人数更多，较为引人注目。这也只能说是不可思议了，少年们都是可爱的孩子，倒也不坏。

翌日早晨，睡醒时切身感受到自己果然是在山上，虽是盛夏却感到浑身冷飕飕的。我们在旅馆享用了牛角包和红茶之后就直接坐缆车下山了,随后坐巴士返回里米尼,再从里米尼坐电车返回博洛尼亚的酒店。

以博洛尼亚的酒店为根据地,我们优哉游哉地去了佛罗伦萨、拉文纳、里米尼、圣马力诺这些地方。

博洛尼亚的街道铺设着红砖赤瓦。城中多有拱顶长廊,给人一种厚重感。还有很多好餐厅,在这里能吃到美味的意大利料理。然而在一年前,被右翼恐怖分子炸毁的部分车站至今仍未修缮,还保持着那副凄惨的模样。

意大利电车的汽笛声很像豆腐铺的笛声,仿佛在气喘吁吁地奔跑。

从博洛尼亚翻越亚平宁山脉到佛罗伦萨的时候,电车经过了几条长长的隧道。在这些隧道中,还有仅次于辛普朗隧道的世界第二长的亚平宁隧道。

不知是不是因为正处在高原上,驶出隧道之时,风也变得寒凉了。空荡荡的电车中,我转头向妻子问道:

"你知道世界上最长的隧道吗?是美国的汉基顿隧道呀。"

往年的夏天，往年的棒球

　　不知为何，这些年的夏天丝毫不觉得炎热，名为"冷夏"的现象持续上演着。也许是地球逐渐失去了活力。我们还是孩子那会儿，感觉说起夏天就是酷暑，说起冬天就是严寒。也许是反映了近来冷漠一代的世态，天气也不冷不热的，实在令人喜欢不起来。本来，我以前压根儿就没听过"冷夏"这个词。

　　太阳晒得人头晕目眩，汗流浃背，我穿着木屐走在被炙烤得发白的街道。这是属于我们的壮烈的夏日意象。巷子里，刨冰屋的旗子熠熠生辉，孩子们叼着冰棍，在被暑热融化了似的沥青路上欢蹦乱跳。走进小巷，篱笆墙上绽放的向日葵、蜀葵与凌霄花宛若在燃烧。当寒蝉鸣泣，百日红盛开，我们也很快感受到了秋天的气息。

　　近来，家家户户都装上了纱窗，曾经那种一入夜，寻求着灯火的铜花金龟子在房间中交飞的夏天独有的昆虫世界，已经渐行渐远。不只铜花金龟子，还有天牛、叩头虫、水虫，即便是住在大城市，这些虫子也会频频混入屋中。我们用团扇拍打，使出浑身解数把虫子逐出屋外。

　　随着居住空间的变迁，在迄今已被遗忘的夏天风物之中，便有苇帘、蚊帐。看到"蚊帐"二字我陡然想起了另一件物什。现在的年轻人还知道"蝇帐"吗？据小学馆的《日本国语大辞典》的解释："为了防止苍蝇等虫子进入以及保持良好的通风效果，一般用金属骨架和纱网搭造的食物收纳橱，或者是用来盖住餐桌上的食物的纱罩。"随着电冰箱的普及，这样的纱橱也从日本人的家中被赶出去了。但在我还是个孩子时，昏暗的厨房里一定会摆着蝇帐。

如果看战前的老照片，也许会惊讶于戴帽子的人如此之多。我的父亲也是其中之一，夏天戴巴拿马帽，冬天戴软呢帽。那时的学生都戴黑色的学生帽，六月换上新制服的时节，还有在帽子上放白色罩子的习惯。暑假时，我会戴白色凸纹帽，以前说起凸纹帽，立马就会联想到夏天。

令我感到不可思议的是，为什么最近的孩子们都爱戴棒球帽呢？难道没有别的儿童帽子了吗？应该不是吧。

说起棒球，在夏天的风物中，甲子园的高中棒球最近颇为盛行。在我的少年时代，当然不叫"高中棒球"，而是"中学棒球"。

关于甲子园的中学棒球，我印象最深的应该是昭和十四年和昭和十五年那两年，和歌山县的海草中学蝉联全国冠军。投手是实力超群的岛，他在四十几个回合里都没有丢分。他后来去了明治大学，被征召入伍，死于战场，令人惋惜。还有直到最后关头仍与海草中学争夺冠军的京都商业学校，我记得他们的投手很厉害，那是昭和十四年还是十五年来着？我有些记不清了。但因为像"岛"这样一个字的姓氏很罕见，所以记忆尤为清晰。

要说为什么我对海草中学的全国冠军印象深刻，那是因为昭和十五年是战时最后一届甲子园。直到战后的昭和二十一年前，夏天的甲子园大会一直处于停办状态。昭和十五年，那是日本发动太平洋战争的前一年。根据记载，死于战争的甲子园健儿有七十多人。海草中学的岛应该也在其中。

十年前，在熊野旅行途中，我去了新宫当地久负盛名的目张寿司店，电视里恰好在转播高中棒球比赛，我便和店主一边喝啤酒，一边聊起了中学棒球曾经的经典比赛。店主与我是同龄人，当他听我说出海草中学的投手岛的名字时，霎时露出喜悦的神色。因为这里是和歌山县，也就是海草中学的主场。

　　顺带也说说当时的"六大学棒球"吧。职业棒球始于昭和十一年，时日尚短，当时风头更胜一筹的是六大学棒球。父亲经常带我去神宫外苑的正面观众席看比赛。

　　那时候，庆应义塾大学负责扫垒安打的三人分别是三号游击手大馆、四号三垒手宇野、五号右外野手楠木。大馆、宇野再加上二垒手宫崎，这就是庆应引以为豪的铜墙铁壁的内场。母亲一方的亲戚大都是庆应出身，所以少年时期的我也默默支持着庆应。

　　要是把每个选手的名字都罗列出来的话，那简直写不完了。暂且就把能回忆起来的当时各大学的主力投手挑出来说一说吧。很多读者应该都和我一样对此深感怀念吧？早稻田的近藤和石黑，庆应的高木、高冢和白木，明治的清水和儿玉，法政的赤根谷，立教的西乡，东大的由谷和河合。这个由谷还真是出色的投手，经常用绝妙的战术把其他学校的厉害击球手耍得团团转。

　　因为父亲支持自己的母校东大，我在父亲的面前也装作支持东大的样子，但其实我内心支持的是母亲那边亲戚出身的庆应。这种粉丝心理也许是俄狄浦斯情结的一个例子。——开玩笑的。实际上是因为东大太弱了，没有支持的价值。

庆应的二垒手宫崎出身于佐贺商业学校。正巧我的叔父那时是佐贺商业学校的校长。另外，叔父还创作和歌，这使得歌人浦野敬的名字广为人知。每当浦野夫妇从九州来东京，在我家留宿的时候，我时常跟叔母（父亲的妹妹）刨根问底地问宫崎的事。

当时，中学棒球并不像如今这样令举国上下陷入狂热，但如果能在甲子园出场并且成为正式选手活跃在六大学棒球的赛场上，那么，这人在地方上也算一号有头有脸的人物了。即使是校长夫妻也会引以为傲。因此，我不知不觉就变成了宫崎的粉丝。

浦野叔母在几年前去世了，她弥留之际还经常笑着对我说："你小时候成天把宫崎挂在嘴边呐。"

叔母没有孩子，所以她经常从佐贺给我寄明信片。我至今记忆犹新的是一张以"学生的佐贺方言"为主题的明信片，两个敝裘破帽的学生彼此问答道：

"你今天把约定好的那个带来了吗？"

"没有，我给忘了。"

"撒谎的话，我就揍你。"

"这叫什么话！我可是锅岛的叶隐武士[1]。"

"明天必须拿过来。"

"不要这么生气嘛。"

"那你今天傍晚拿着那个来我家玩吧。"

"我会去的。"

"再见。"

"再见。"

我只在东京及其周边城市生活过，因此，我完全听不懂这种"学生的佐贺方言"的声调，仿佛是另一个世界的语言。不过，我反复地读啊读，最后竟然把全文都背下来了。

浦野敬叔父与我没有血缘关系。明治二十六年，他出生在枥木县佐野町，大正五年毕业于东京高等商业学校（今一桥大学）。他与经济学家大熊信行是同窗。昭和二年，他与大熊共同创办了和歌杂志《丸梦》。昭和五年十二月，一桥的短歌爱好者的和歌集《抛物线》刊行。直到战后，他好像还一直在创作短

　　1　江户时代中期成书的武士道典籍《叶隐闻书》，作者山本常朝是佐贺锅岛藩藩士，故有此称。

歌,但他从未与我谈起过文学的话题。

　　我在这里写下的浦野敬的文学生涯,其实也是看《日本近代文学事典》才第一次了解到的。

　　直到退休为止,他一直过着中学老师的生活。在去佐贺商业学校赴任之前,他应该还当过长野商业学校的校长。即使是现在,长野县和佐贺县还有很多他教过的学生。我曾在意外的场合遇到了知道他的人,不禁惊得目瞪口呆。

　　在长野市经营一家名为"若菜书房"的金子治郎先生也曾经是浦野敬的学生。按照金子先生的话说,浦野夫人,即我的叔母就是"年轻的圣母玛利亚"。

　　被这么一说,还真有点儿难为情呐,"原来,我的叔母是圣母玛利亚啊"。

　　(作者注:我最近得知,本文提到的金子治郎先生似乎已于两年前去世。)

水枪与婴儿车

我的少年时代正是昭和十年的前半段,距离关东大地震(大正十二年)时隔了十数年之久。从昭和二十年日本战败到现今为止,已经度过三十余年的悠长岁月,真可谓弹指一挥间。让人不禁感叹,昭和时代实在太长了。

当时,大人们很喜欢跟孩子讲关东大地震的可怕回忆,毕竟也才只过了十几年。我们对本所被服厂[1]的惨剧耳熟能详。"被服厂(ヒフクショウ)"这个词的发音很像"破伤风(ハショウフウ)",我总觉得听起来是个不祥的词语。

我家那时住在泷野川,隔壁住着一个叫井谷的人,在《时事新报》的摄影部工作。我在井谷家中看到了不曾公开的照片,照片中是大地震后惨绝人寰的景象,我至今仍记得被那种骇人的恐怖压得喘不上来气的感觉。层层叠叠的焦黑尸体如同剥了皮的圆木般随处散落。那大概就是被服厂惨剧的照片。

当时我怎么也不会料到,仅仅数年后,我就会在空

1　指位于东京本所区(今墨田区南部)的陆军被服厂。1923年关东大地震爆发时,在被服厂中避难的灾民遭遇火龙卷袭击,造成约四万人死亡的惨剧。

袭下的东京亲眼看到同样的光景。

石川淳经常写"大正癸亥年的地震"的主题，对于现在七十岁至八十岁的人，即明治三十年至四十年间出生的人而言，关东大地震是划时代的重大事件。我的父亲生于明治二十八年，我的母亲生于明治三十九年，可以说都属于这一世代。

或许毋庸赘言，我在这里所谓的"划时代"并非指客观历史上的划时代事件，而是指对于一代人而言具有象征意义的事件。

我的母亲在关东大地震时只有十七岁，与我听闻日本战败的消息时的年龄相仿。

母亲十七岁时住在芝高轮的外祖父家，但那时恰值夏天结束，她和外祖母正好留在镰仓雪之下的别墅。据说当时房屋剧烈摇晃，母亲来不及穿鞋，连滚带爬地跑到庭院中避难。一回头，就看见房子倒塌的瞬间。镰仓的震级甚至高于东京，倒塌的房屋不计其数。

外祖母还困在毁坏的房屋中，被从头顶塌落的房梁压得动弹不得。孔武有力的消防队长将梁木扛起在肩上，外祖母这才脱险。——这段故事我从小不知听了多少遍。

　　凭借《近代的恋爱观》风靡一时的厨川白村[1]为了避难携妻子来到材木座的别墅，地震导致滑川逆流，两人双双被海啸吞噬。此事发生于九月一日。听说他的妻子好像获救了。

　　说起海啸，还有这么个笑话，商店里的小伙计在由比滨的沙滩午睡，睡得正香的时候被波浪卷走了，很久以后，他又被波浪打上沙滩，却仍然在酣然大睡。我父亲特别喜欢这个故事，不厌其烦地给我讲了很多遍。

　　自然灾害与国家间的战争当然不可同日而语，只是说，我父母那一代人年轻时遭遇的划时代事件是关东大地震，对我而言，则是昭和二十年的战败。

　　我至今为止的人生或可以昭和二十年为界限，分为前后两个阶段。昭和二十年以前，是我的孩提时代、黄金时代；昭和二十年以后，则是确立自我的时代。

　　我十七八岁的时候，恰好遭逢日本政治、社会及文化发生巨大变革的时代，我也是在那时迎来"自我"的转折点，我的人生由此鲜明地分为两部分。随着年事渐长，我愈发痛感这种分割的存在。

　　1　厨川白村（1880—1923），日本文艺评论家、英国文学学者，宣扬恋爱至上主义，代表作为《苦闷的象征》。

战时的生活是极不自由且苦闷的,然而,昭和二十年以前是我的黄金时代,对我而言是闪闪发光的日子。无他,只是因为那时我还是个孩子。读者想必早已发现,我在这次连载的"西洋镜"中撷取的多是昭和二十年前的趣事。

与此相反,昭和二十年后,新日本高速发展的时代亦是我确立自我的时代,更具体地说,是属于文学创作、恋爱和工作的时代,但无论怎么看,它的色调都是黯淡的。至少放在"西洋镜"下也是光影稀薄的。无他,只是因为我已经长大了。黄金时代早已渐行渐远。

当我三十四岁的时候,我在昭和二十年前后各活了十七年。此后,"以后"的年头逐渐增多,现在已经是"以前"的两倍有余了。昭和二十年以前的日子,如今只占我生命的三分之一。尽管如此,我在主观上仍然觉得"以前"的时光无比悠长,真是不可思议。

昭和二十年八月十五日后的一夜,我们聚集在旧制高中破烂不堪的宿舍里进行略显青涩的讨论。有个比大家都年长、消息灵通的朋友说:

"从今以后是民主主义和爵士乐的时代。"

就算他这么说,当时年仅十七岁的我听得也是一头雾水,浮现不出任何关于未来的图景。我当时想,即使嘴里叼着香烟,我也仍是个无知的孩子罢了。

度过了这疾风骤雨般的一夜,我觉得自己似乎迅速成长为一个大人。就像挥舞着万宝槌的一寸法师,转眼间,肉体与精神就长大成人了。从年龄上讲,那时也理应成人了。

这本"西洋镜"原则上不写成年以后的事情,我也不好随意更改主旨。也不是不想写战后发生的事,但不知怎的,还没开口就不想说下去了。果然还是少年时代与"西洋镜"最合适嘛。遥远的过去之所以闪闪发光,其中一个原因便在于我们总是透过"西洋镜"装置眺望童年。

不如索性就好好利用这台"西洋镜"吧。

从记忆的最深处浮现出一幅虚幻缥缈的光景。我想来写一写它。

记不清是在泷野川的家还是更久以前在川越的家了,母亲在庭院中拆洗和服。

雨后的太阳甚是耀眼,庭院中绽放着绣球花。庭中还有柿子树,有一口井,望起来像座小小的后院。季节兴许是在六月。母亲用束袖带包住头,为拆了线的和服挂上浆,将其绷贴在竖立的木板上,呵哧呵哧地用手揉平布上的褶子。

我就在旁边玩水枪。这么说来,我想起小时候特别爱玩水枪。

院中还有辆婴儿车,妹妹正在里面安睡。为什么特意让她在婴儿车里睡觉呢?或许比起把妹妹放在屋里,母亲更想让她在自己眼皮子底下吧。

不知何时睁开眼的妹妹突然扒住婴儿车的边缘,想要站起身,却忽地失去平衡,只见婴儿车缓缓翻倒在地。简直像慢动作镜头似的。摔在地上的妹妹像被火烫到一样放声大哭。母亲慌忙跑过去。

我蹲在地上呆呆地看着这一连串光景,从始至终也没动过。这其中当然有记忆的修正作用。我所看到的婴儿车缓慢翻倒的场景,怎么想都相当诡异。

我偶然想起了另一桩回忆,是发生在水枪与婴儿车那一幕之后很久的一件事。

泷野川的家中有一间铺着榻榻米的房间。工匠在庭院里干活。将近黄昏时分,我看着工匠编织榻榻米的情形,觉得很有趣。他用手肘在榻榻米表面上蹭来蹭去,把线穿进粗针的孔中,从水壶中噙了一口水,猛地喷在榻榻米的表面。我特别喜欢坐在檐廊上看工匠干活。

裹得严严实实的妹妹踏着小碎步走了出来。她那时估摸着也有三岁了吧。上了年纪的工匠正游刃有余地编着席子,她忽然没头没脑地问了一句:

"大叔,你知道大东亚战争为什么会爆发吗?"

老工匠也被问得不知所措。

"啊不,大叔我也不大清楚。败给你了呐。小朋友,你能告诉我谜底吗?"

编歌词

　　我从没主动去过卡拉 OK 房,只有在参加同学会时随大流被拉去的经历。这种场合下最令我感到不可思议的是,对着麦克风唱歌的人眼睛始终紧盯着歌词,绝不会向上瞟一眼。稍微扬起脸庞,看看在一旁听歌的我们也好呀,但他的目光仿佛是钉在了歌词上。

　　每一家卡拉 OK 都会事先准备好这样的歌词本。唱歌的人照着歌词本唱歌被认为是理所当然的,我却觉得这是件很值得诧异的事儿。

　　依我看,歌嘛,就应该记住歌词再唱,照着歌词本唱歌未免也太偷奸耍滑了。这就好比对着参考书做习题,总会让人觉得害臊。但这么想的只有我自个儿,世人似乎都觉得"照本宣唱"也没什么大不了。

　　以前发生过这样一件事。我去朋友家里做客。孩子跑到客厅里,我就和孩子聊了起来,说着说着就变成了互相给对方出谜语。

　　我发扬了"好人做到底"的精神,接二连三地抛出谜语。眼看落入下风,孩子跑回自己的房间,拿来了一本书。好像是本简明谜语大全。

　　他翻开书,整张脸都埋进书页间,孩子开始向我抛来谜语。他只是照着书上的内容念而已。我看愣了。

"你耍赖。稍微看两眼还行，怎么能一直照本宣科念呢？"

话虽如此，孩子却一脸茫然，好像完全听不懂我在说什么。

一直照本宣科反而没有了作弊的感觉。他应该只偷偷瞥一眼书，假装一副自己早就知道的模样，用演技骗过我才是。这样才够好玩嘛，我也会不吝奉陪，假装真的被骗到。因为艺术的里子就是"作弊"。

孩子的猜谜与卡拉 OK 可能是两码事，不过，要只是忘记歌词的时候瞄一眼还好，但那些在卡拉 OK 唱歌的家伙从头到尾盯着歌词本，一不脸红、二不害臊的态度属实让我难以理解。

夸张点说，最近的年轻人在受教育过程中并未接触过"形式平等"的原理，他们对于所谓的艺术与技能缺乏某种根本性的感知。嘻，打住，还是别把话题引向枯燥无味的方向为妙。

实话实说，我小时候也有盯着歌词本唱歌的时候，但仅限于在自己家里，所以还是不太一样的。

或许有读者还记得，昭和十年前后，当时诸如《妇人俱乐部》《主妇之友》等杂志的副刊会登载各式各样的歌曲,从童谣、流行歌、民谣、小学校歌、军歌、香颂乃至德国的抒情曲。厚厚一大本,封面是红色的。我太喜欢这本书了,来回翻,怎么也看不腻,以至于翻得破破烂烂,连封面都脱落了。

我和妹妹把这本书奉为"歌曲大全"。这本"歌曲大全"中收录的大都是像以下这首《露营小调》一样的歌。

山的朝雾,茜色的云;

飒然招展,拂晓千里;

花圃开得正盛。

露营呀! 从早到晚的露营呀!

天一亮,早饭吃得香又香!

或者是下面这样的歌。像这种马戏团和街头乐队经常演唱的歌在当时很是流行。

支起帐篷,色彩斑斓,

伴我多年的喇叭已然锈迹驳斑。

破掉的太鼓在旅途中倍显可爱,

别哭! 加油呀,五人街头乐队。

坂田山殉情[1]发生于昭和七年,灵感来自这起事件的歌曲《天国之恋》应该也是那几年的作品。这么脍炙人口的歌就没有引述的必要了。我想写的其实是我小时候对这首歌的改编版。我喜欢将"唯有神明知晓,两人的恋爱纯洁无瑕"这一小节唱成:

> 唯有神明知晓,
>
> 两条鲤鱼买了木头。[2]

这与其说是改编曲目,不如说是无意义的双关语或者文字游戏更为贴切。我对这种改编乐此不疲。

不过,为什么要编出这种傻不拉几的歌呢?现在想想,或许是因为唱这种出现"爱""恋"之类字眼的歌,让小孩子觉得羞惭。而且要是毫不顾忌地唱,还会引起家长的疑心,所以才特意改成无意义的谐音词来

1　坂田山殉情事件,1932 年 5 月发生于神奈川县中郡大矶町坂田山的殉情事件。男性为庆应义塾大学的学生、华族调所广丈的孙子,女性为富冈村财主汤山家的女儿。由于女子双亲反对这段恋情,两人在坂田山服毒自杀。经警方调查,女子死时仍是处女,因此,这起殉情被认为是高洁的"柏拉图恋情",引发巨大社会反响。

2　原歌作"ふたりの恋は清らかった",改编的词作"ふたりの鯉は木を買った",全句读音相同。

掩人耳目。

单纯听的话和原曲没什么区别，但是在意思上截然不同，这是我自己独享的乐趣。

昭和十一年，收音机里播放的《椰子的果实》成为国民歌曲，风靡大街小巷。"歌曲大全"上多半没有收录这首歌，不过，我把这首歌编成了另一个奇怪的版本。

"昔日的树木生长茂盛，枝叶仍然成荫"这一节被我唱成了：

昔日的树木，嗳呀！且慢！

出于发音的相似，我把"生长茂盛（オイヤシゲレル）"替换为"嗳呀且慢（アイヤシバラク）"，这肯定是受到了我当时爱读的《少年讲谈》丛书的影响。

三好清海入道[1]、塙团右卫门[2]之流的豪杰会厉声喝道"嗳呀！且慢！"叫住对方。这已经和《椰子的果

1　三好清海入道，江户时代的讲谈本（说书）《真田幸村》中的登场角色，真田十勇士之一，是力大无穷的豪杰。

2　塙团右卫门（1567—1615），本名塙直之，安土桃山时代的武将，在文禄、庆长战役中立有战功，关原之战后沦为浪人，在大阪之战中加入丰臣一方，于大阪夏之阵战死。其勇武事迹多被改编为讲谈。

实》八竿子打不着了,岛崎藤村[1]要是听说了肯定会惊讶得目瞪口呆。

童谣《着急忙慌的理发师》是藤原义江的经典曲目,想必很多人都听过,但是光听藤原义江那咬字不清的声音,有一部分歌词实在是听不清。

> 碍事的耳朵动来动去,
> 咳咳早就满满当当。[2]

我不禁揣摩这"咳咳满满当当"究竟是什么意思。"歌曲大全"这时帮了大忙,一查才知道是"客人满满当当",疑惑顿时烟消云散。

有些歌一旦听过奇怪的改编版就会牢记于心,无论听多少次原版都扳不回来。虽然是首无聊的歌曲,

1　《椰子的果实》是岛崎藤村于明治年代写下的诗,昭和年代被谱成歌。
2　原歌是北原白秋作词的童谣,讲了螃蟹理发师和兔子客人的故事。此处疑似涩泽记忆有误,将两段歌词混在一起,原歌词为:"兔子十分着急,螃蟹着急忙慌,顾客早就满满当当。喀嚓,喀嚓,喀嚓哪。/碍事的耳朵动来动去,一慌张,喀地剪掉啦。喀嚓,喀嚓,喀嚓哪。"

但战争时代有这样一首童谣。

> 披上蓑笠扛起锹，
> 农民伯伯辛苦了。
> 吃了您种的米，
> 日本的孩子都长成大力士，
> 不输给任何人的大力士。

虽然这首歌是女童谣歌手用娇滴滴的声音演唱的，流进我的耳朵里，却变成了"日本的孩子都长成杀人犯，不输给任何人的杀人犯"。当时，日本军队正在中国犯下怵目惊心的杀人罪行，这首童谣只会让人觉得讽刺罢了。

我还想列举另一个类似的例子，也是战争时代的国民歌谣。

> 高粱枯萎，乌鸦啼叫，
> 落日染红了国境线。
> 多么悲哀，士兵们，
> 消散如荒野上的露水。

在这座山丘上，岂能入睡？

大概是什么地方的军队里流传的歌曲吧。只是，第三句在我听来却是"多么愚蠢，士兵们"。我还记得初听时深感诧异，歌词竟宣称战死是一种愚蠢的行径。

"歌曲大全"里还有堀内敬三翻译的欧洲歌曲，歌词极具官能色彩，对于少年时的我而言，光是读读就刺激得不得了。

两人偷偷靠近，
颤抖着呼出炽热的吐息。

我现在记不得这是哪首歌了，但是这句歌词让我大受震撼。为什么这句歌词让人觉得充满情欲味道呢？真不可思议。知道这首歌的人应该不少吧？

匮乏的时代

我过去经常坐在火盆边看杂志。

伸手靠近炭火取暖时，手里还攥着握成卷的杂志，连杂志的纸页也会发烫，直到有烧焦的臭味升起。即便如此，仍有人能够一边扫视着杂志的铅字，一边若无其事地单手把橘子瓣往嘴里塞。我也不是钦佩这样怠惰的活法，只是在正月的时候，经常能看到这副模样的人。

火盆是冬天不可或缺的物什，但如今，它在日本人的家中已不见了踪影，所以那种怠惰的姿势想看也没处看喽。

换个话题，我记得孩提时代经常会用到曲别针。

玩"骑马打仗"的时候，我们会在肩膀上佩戴肩章。除此以外，我记得还会用曲别针在胸前、肩膀或者帽子上挂上各种各样的小玩意儿，简直就像东西屋一样。如今，大概也只能在从干洗店拿回来的西服和裤子上看到别着姓名牌的曲别针了。尽管如此，看见这些曲别针，我的心头还是会飘来朦胧乡愁的云彩。

再换一个话题，这一次，就请各位读者允许我随意切换话题吧。

"少爷，'最上号'军舰竣工了哟。"

女佣激动地告诉了我这个消息。昭和十年的七月二十八日，配置了最新式装备、性能堪比战列舰的"最上号"巡洋舰在吴海军工厂竣工。那个时候，我还只有七岁。

说来，"最上号"军舰在平田晋策的热血冒险小说《昭和游击队》里就已经登场了。这部小说从昭和九年起在《少年俱乐部》上连载，因此，作者是以一种未来战记的形式，让仍在建造中的"最上号"出现在小说中。我将《昭和游击队》中的文字引用如下：

这艘奇怪的军舰从远处看形似重巡洋舰"高雄号"，但离近看就会发现两者大相径庭。

它不像"高雄号"那样庄重肃穆，棱角方正。这艘军舰整体呈圆弧形，也就是新式飞机中常见的流线型。

那映照在月光下的不正是十五门三联装 150 mm 高平炮吗？听好了，这艘军舰的名字——"最上号"！

啊！是"最上号"！那艘没有被编入联合舰队的"最上号"，不知何时，竟现身于这座魔岛。

不管怎么说,这种笔法牢牢抓住了少年那颗爱好冒险与刺激的心,使之为其倾倒。正如小说中所写,"最上号"是前所未有的日本军舰,以拥有充满现代感的漂亮舰型而著称,所以给我留下了深刻的印象。大概对于我们那个时代的男孩而言,至少在太平洋战争开始以前,大家都对"最上号"心怀憧憬。

正如对于今天和平时代的男孩来说,他们关心的焦点是车和游艇,我们那时候最关心的就是军舰和飞机。这在当时的社会环境下也是情有可原的。

最近,经常能听到对于年轻人着迷名牌的批评,但我觉得无论什么时代的年轻人都喜欢名牌。"最上号"不就是旧帝国海军的名牌商品吗?

虽然我没有多大的兴趣,神茂的鱼肉饼、鲋佐的佃煮[1]都是当时的名牌。儿时的我最喜欢蓬莱屋的黑豆,圆乎乎,松糯糯,黑得发亮。祖母经常会说起桃屋的怀炉灰[2]。父亲很中意威迪文的钢笔、巴伐利亚制

1　佃煮,用酱油、料酒、砂糖熬煮鱼虾贝藻做成的甜口料理,因诞生于江户佃岛而得名。

2　怀炉用的燃料,一般由研成粉末的泡桐、艾绒加上助燃剂制成。

的彩色铅笔。赶时髦的叔父特喜欢徕卡相机。这些全都是名牌商品。

物美价廉的 Pearlette 折叠皮腔相机在战前非常走俏。现在回想起来,虽然这款相机的构造很像玩具,但我少年时代的照片很多都是父亲用它拍出来的。对我来说也是一件非常令人怀念的东西。

随着太平洋战争的局势不断恶化,这些东西转眼间便告匮竭,我们家也被逼入穷困的窘境。这种状态一直延续到战后,终于从昭和三十五年起,难以置信的商品洪流向我们袭来。置身于泛滥成灾的商品中间,我们再次感觉无所适从。这听起来可真蠢。

有些光景放到今天来看是匪夷所思的。在我上学那会儿,如果在站台上想要抽烟的话,首先要四处张望,物色看有没有能借火儿的人,然后凑近搭话:

"真是不好意思。跟您借个火儿。"

至少直至昭和三十年左右,所有日本人在户外抽烟的时候都经历过这种时刻吧。要知道,火柴从昭和二十三年起才能够自由买卖。火柴在当时可是贵重品。

有些人就挺反感借火儿这件事的。还有那种非常厚脸皮的家伙，一看到别人抽得只剩烟屁股，就赶紧猛嘬自己的烟。不过嘛，这就好比武士间的惺惺相惜，是断然不会拒绝借火儿的。即使是看上去凶神恶煞的地痞无赖，遇到别人借火儿，也总是笑嘻嘻地就借出去了。那个时代便是如此。

在二十多年前的日本，随处都能看见向陌生人借火儿这样的风俗，现在却已经完全看不见了。时代的演变还真是有点意思。现在的男人都不怎么吸烟了，取而代之的是很多女人在咖啡厅和餐馆大吐烟圈。

一说起物资匮乏的时代，人们就很容易拿腔拿调，透着一股教育年轻人的语气。我不喜欢那样。我想尽可能用客观或者说淡然的口吻讲述那些事，但我也不知道是否做到了。就围绕着这个话题再多说几句吧。

那时候甚至连电力都很匮乏，即便不是台风刮断了电线，停电也是常有的事。荷风战后还特意写了一部戏剧就叫《停电夜晚的那些事》。停电就像每晚的例行公事一样准时。整夜灯火通明的地方只有美国占领军的军事设施。我还记得，即便是浅草街头也是漆黑一片，只有吉原一角仿佛不夜城似的明亮非凡。其中的原因也未必仅限于停电，看看周边残留着的烧焦的废墟便清楚了。

我经常披上旧制高中的长外套游走于深夜的东京街头。寂静的街道中只有回荡的木屐声，没有巡警拦住盘问，也不会遇到任何人。那些生活在被烧毁的废墟里、种南瓜为食的人，这时也早已悉数睡着了。

到了早晨，不知从哪里聚集而来的流浪者们围在一起烤火，他们用锡罐煮食物，升起了热腾腾的白气，这般光景不时便能看到。烧火的烟在废墟特有的红褐色地面爬动，秋霜在临时棚屋的镀锌铁皮屋顶上闪烁着微亮。

东京这片焦土逐渐恢复活力应该是在昭和二十二年、二十三年吧。

我想起，在空袭频仍的昭和十九年冬，有一天夜里，我在小石川驾笼町的中学通宵警备值班。翌日清晨，我穿过从上富士前町到神明町的花柳街，步行回了家。在昨夜的空袭过后，这些秦楼楚馆一夜之间烧了个精光，只剩下熏得乌黑、仍在冒着干烟的断壁残垣。那残骸之上落了厚厚一层雪，在朝阳下熠熠生辉。雪的洁白刺痛了我一夜未眠的眼。那是我第一次为废墟的美瞠目结舌。

据说因为全国性的粮食荒,今年冬天将会有很多人饿死。这就是刚刚战败后的昭和二十年至二十一年的冬天。

那时候,买火车票必须一大早就去车站排队。我为了买票,有天早上,天还没亮我就从高中宿舍出发去北浦和站。在车站的候车室里,有一具草席掩盖的尸体,随意地躺倒在地上。谁也没有在意,只是默然地站进买票的队伍里。尸体在那时是很常见的。

在经济迅速发展的当今日本,已经不可能看到这种尸体横陈的场景。然而在三十年前,上野的地下通道里每天都有人这样死去。偶尔思考一下这些事,至少在精神卫生上也不是毫无意义的,对吧?

战败以后,我也多次看到过亲人或者朋友的遗体。但再也没有像昭和二十年前后那般,目击过如此多的无名尸体。

为逃避燃烧弹的猛火而躲进脏水沟的人,匍匐着死在养老院里的老人……昭和二十年四月十三日的大空袭后,人们犹如焦黑的枯木一样尸横遍野的光景久久地烙印在我的眼中,但现在,我也很少想起了。

听呐，*La Paloma*

当曼陀林所演奏的 *La Paloma* 的袅袅旋律流进我的耳畔,不知为何,我心中会油然生出怀念。稍微夸张点说,袭来的是一种致使浑身酥麻的陶醉感。

说到令人心生怀念情绪的曲子,对我而言并非只有 *La Paloma*,诸如 *Ven y Ven*、《苹果树下》、*Valencia*、《东京可爱女孩》《芳香》这些曲子也值得一提,只是不管怎么说,*La Paloma* 引发的浓烈情绪是其他任何曲子都无法比拟的。

曼陀林的悠扬旋律让人欲罢不能。不知怎的,曼陀林那朴素却又甘美的音色奏响 *La Paloma* 的旋律之际,我仿佛回到了昭和初年的时代氛围之中。如此说来,横光利一的新感觉派时期的作品中似乎也写到了 *La Paloma*……

想到这里,我便查阅起手边的百科全书中的"La Paloma"词条。令我颇感意外的是,这首歌竟是十九世纪作曲家的作品。

"*La Paloma*,西班牙作曲家塞巴斯蒂安·依拉蒂尔(Sebastián Iradier)创作的哈巴涅拉舞曲。曲名意为'鸽子'。依拉蒂尔在古巴旅行时为哈巴涅拉的魅力所倾倒,归国后在欧洲发表了这首在旅途中创作的曲

子。该歌曲以哈瓦那港口的启程船只为背景,借鸽子
抒发对岛上女子的纯洁爱情。"

书上没有记载这首曲子创作于哪一年,不过,依拉
蒂尔逝世于 1865 年,所以 *La Paloma* 至少在十九世纪
中叶就已经完成。由此观之,这首曲子并不是昭和初
年,而是在第十二代将军德川家庆的时代,即弘化、嘉
永年间 1 完成的作品。在日本流行却是很久以后的事
情了。

无论如何,创作于江户时代的哈巴涅拉舞曲让
昭和三年出生的我体味到浑身酥麻的陶醉感,细细
想来,这事儿也挺奇妙的。这就是所谓的"时代错
位"吧?

说到时代错位,我深切感到自己对于昭和初年时
代氛围的怀念更是含有一种奇妙的歪曲。

老实说,我们这一代人看的都是二十世纪三十年
代的德国乌发电影公司的作品、东和电影公司引进的
许多同时代的法国电影,可我们那时还太小,根本欣
赏不来。但是我们总能从哥哥、姐姐或者附近的花街

1　弘化(1844—1848),仁孝、孝明天皇的年号;嘉永(1848—
1854),孝明天皇的年号。

女子口中听到拉奎尔·梅勒（Raquel Meller）、丽尔·达戈沃（Lil Dagover）、札瑞·朗德尔（Zarah Leander）、约瑟芬·贝克（Josephine Baker）、玛尔塔·艾格斯（Márta Eggerth），这些名字伴随着我们长大，但是实际上，直到战后我们才真正在大银幕上或是留声机中见识到这些明星的风采。

《巴黎屋檐下》（*Under the Roofs of Paris*）在日本公映是昭和六年，《国会舞曲》（*The Congress Dances*）则是在昭和九年，那时我们还没上小学。倘若没有战争的话，我们八成在中学时代就能看到这些片子了。但是战争大幅度延后了我们的欧洲电影体验。不管是《巴黎屋檐下》还是《国会舞曲》，我都是战后才看到的。

在二十世纪三十年代的法国电影里，我们在战争爆发前夕观看了昭和十四年上映的《没有铁栅的监狱》（*Prison sans barreaux*）、《逃犯贝贝》（*Pépé le Moko*）。当时我们才十一岁，念小学五年级，看起来也像个小大人了，但如果不是长辈带着我们去的话，很难有机会看到这些片子。

即使如此，我仍然总是感觉这些德国电影与法国电影都是在战前看的。因为诚如前文所述，自从孩提时代开始，我就对明星的名字耳濡目染。这恐怕是任何时代的人都曾有过的感觉吧？也就是说，相较于自己所处的时代，反而对略微古早一点的时代更加怀念，仿佛曾经亲身经历过一般。

关于昭和初年的时代氛围，我已经写得很仔细了，但其实，我对于那个时代并非那么了解，我也不清楚 *La Paloma* 这首曲子是否真能表现那个时代的氛围感。只是我冥冥中的感觉罢了。

话说回来，探戈和哈巴涅拉舞曲是典型的南国意象，*La Paloma* 也显然饱含着对南方的憧憬。或许，能令我感到怀念的对象都带有南国意象吧。我隐隐这么觉得。

在我的孩提时代，《一千零一夜》中的洋葱型穹顶、广布着喷泉和植物的阿尔罕布拉宫中庭，这些能让我感到无以言喻的逸乐的事物也许都与对南方的憧憬息息相关。它们联结着我身上根深蒂固的快乐主义气质。

向往北方的浪漫主义在我身上并不显著。只是，昭和十三年一月三日，冈田嘉子与杉本良吉穿越库页岛的国境线流亡到苏联[1]，这条报道给当时还在念小学三年级的我带来了某种奇异的触动。

男人的名字杉本良吉我是战后才得知的。叫什么名字也无所谓。当时，我脑海中鲜明地浮现出这样一幅画面：雪花纷扬的冻土荒原上，马拉的雪橇正以迅猛的速度奔驰。雪橇上坐着一位名为冈田嘉子的女人。至于她到底是个什么样的女人，我几乎一无所知。

而且年幼的我根本不知道穿越国境线这件事意味着什么。

"穿越国境线的人是谁？"

"冈田嘉子！"

我想起，我和妹妹从前总是进行着这样天真的对话，欢闹地玩耍。久而久之，"冈田嘉子"一名对我而言渐渐带有神话的意味。

严格来说，下面这件事并不算穿越国境线。昭和十六年五月十日，德国副总统鲁道夫·赫斯独自操纵

1　冈田嘉子（1902—1992）是大正至昭和年间的电影演员，1938 年与舞台剧导演杉本良吉私奔，偷渡至苏联寻求避难。然而，两人在三日后被苏联秘密警察以间谍嫌疑逮捕。1939 年杉本遭到枪决，冈田一直被收押至"二战"后，1972 年返回日本。

梅塞施密特战斗机飞至苏格兰上空,利用降落伞成功着陆,后来受到了英国方面的保护。这条新闻在当时引发了巨大轰动。他究竟是精神失常,还是为了与英国和平交涉? 令人百思不得其解。

在希特勒、戈林和戈培尔都已死去的今日,只剩下九十高龄的赫斯还存活于世,依旧在施潘道监狱服刑,这件事颇耐人寻味。对于当时还在念初一的我而言,这个男人谜一样的举动让我产生了一种幻惑感。他在纳粹领袖中也是特立独行的存在。

嘻,这些事怎么样都好啦,我现在喜欢南方胜过北方。在欧洲的领土里,我最倾心于意大利和西班牙。孕育出 *La Paloma* 的那片土地最符合我的气质。

> 瓦伦西亚,
> 我来自南国。

我依稀还记得这样的歌词。这也是所谓的南国印象。

战争结束之后,在被战火焚毁的镰仓,在一处免于被占领军征用的大宅邸里,常有资本家的太太举办舞会。战前的古老留声机反复播放着战前的欧洲歌谣。在新兴的爵士乐与美国文化汹涌袭来的时代，她们想要再现旧日风情的心思可见一斑。

就这样，我在《芳香》的旋律中学会了华尔兹，在《东京可爱女孩》中记住了狐步舞，在《化装舞会》(*La Cumparsita*)和《夫人，我将亲吻您的手》中熟悉了探戈舞步。我记得布鲁斯舞步好像也是通过淡谷纪子的《离别的布鲁斯》记住的。还有一种"吉特巴"舞，是当时流行的伴随夏威夷音乐或者摇摆乐的舞蹈。

在这个对曼波舞、恰恰、扭腰舞、摇摆舞一无所知的时代，连吉特巴舞都称得上新潮，不禁让人顿生恍如隔世之感。

"你知道吗？横滨的野毛山公园旁以前有一座麦克阿瑟剧院。说是'以前'，其实也已经是战后的事了。"

大多数年轻人都会被问倒，瞪圆双眼。

"哎？没听说过。还有过那样的地方吗？不过，麦克阿瑟剧院，一听就是战后的东西。"

"在伊势佐木町的一角还有奥德翁剧院和里亚托剧院。根岸屋那家酒馆真让人怀念呐，还有山手舞厅

'Cliff Side'。在日出町那边徘徊着许多失业的风太郎[1]。"

"风太郎？那是什么？"

"哎呀？你不知道风太郎吗？真叫人吃惊。那吉普女郎[2]总该知道的吧？"

　　1　风太郎，一指在港口按日打工的搬运工，一指居无定所的流浪汉。
　　2　吉普女郎，"二战"后日本大城市街头出现的向占领军卖淫的街娼。

赛马场的孤独

　　回顾我的少年时代,我发现很少有坐立不安的思绪或者感到恐惧的经历。至少在我记忆所及的范围内,没有那种一下子就能浮现脑海的记忆。

　　唯独有一件事——用稍微夸张点的表述便是——我在孩提时代就体尝到了被淹没于人群中无依无靠的孤独。就来讲讲这件事吧。

　　我想大概是在七八岁的时候,沉迷赛马的父亲带我去了中山赛马场。中山应该是千叶县的什么地方,到现在我也搞不清楚。因为那以后我再也没有去过,便也没有留下任何关于中山町的记忆。对赛马不感兴趣的我恐怕到死都不会再去中山了吧。只有那一次,是父亲带我去的。

　　秋日晴朗的星期天下午,因为是第一次看赛马,趁着股新鲜劲儿,我整个人都兴高采烈的。我和父亲并排坐在看台的高处。然后,父亲要去买赛马券,就只剩下我一个人。"我很快就回来。你乖乖待在这里。"父亲撂下这句话就走了。

　　但是无论我怎么等,父亲都没有回来。

　　我坐在木椅子上,张望着四周,不安逐渐涌上了心头。一个小时过去了。两个小时过去了。许多场赛马开始又结束,身穿红色与青色花哨衣裳的骑手与马出现在狂热的观众面前,宛如流水般疾驰而去。对我来说,这些已经无关紧要了。我的脑海中不禁掠过一丝疑惑:难不成父亲是有意把我抛弃在这里的?

每当赛马开始时,我的周围顿时陷入沸腾喧嚣。欢笑声与叫骂声在空中交飞。我被成年人包围,但没有人注意到这个无精打采的少年,他双眼噙泪,在椅子上缩成一团。狂热的观众纷纷站起身,仿佛要把少年踩在脚下。

"要是有谁跟我搭话该多好啊。"我痛切地想到,如果有人搭话,我八成会放声大哭。事实上,当邻座带着女伴来的中年男人向我询问时,我紧咬着嘴唇才把呜咽声压了回去。

"爸爸不见了吗?没事的。他很快就会回来的。肯定是因为会场太拥挤,一时间没找到地方。一定是这样。"

我好像被拯救了一样微微点头,但下一刻,中年男人仿佛扭头就把我忘了,扯着嗓子对那位陪酒女打扮的女人喊道:

"你瞧瞧!你瞧瞧!安慰两句就没事啦。所以我才说嘛,压根就不用管。"

那时我才发现,没有人真正担心我。我第一次品尝到人群中的孤独。

现在的孩子都精明能干,即使一个人被丢在赛马场,想必也会满不在乎吧。指不定自个儿买张电车票就早早回家了。也许因为我是个胆小鬼,又爱胡思乱想。也不像是父亲在考验我。大概只是他弄错了站台,还在其他地方找我。

当我看见大汗淋漓的父亲在看台下仰头张望的身影,如一叶扁舟漂流在赛马场这片海上的孤独感顷刻烟消云散。——就是这么个故事。

不知道是否因为这桩儿时经历,我从那以后没有去包括中山在内的任何一座赛马场。读者也许会对我奇怪的赛马情结感到惊讶吧。

但是和我不同,父亲从年轻时就沉迷赛马。尤其是从银行退休至六十岁逝世的时期内,他没有其他爱好,往返于赛马场几乎成了他唯一的乐趣。

具体在哪里我不大清楚,父亲在横滨的某家赛马场买票的时候突发脑溢血,倒在地上,被送去医院后就去世了。也许这就是他所期望的死法。有这种古怪的想法，也是我这个当儿子的特权吧。

我写过和父亲一起去看相扑和棒球的事，其实我俩还经常下馆子。父亲跟我不一样，他滴酒不沾，吃一块奈良腌菜就会满脸通红，在榻榻米上打滚，所以比起喝酒，他更在意美食。

父亲对于银座的梅林、御徒町的嘭哧轩两家的炸猪排情有独钟，总是悄摸带我去吃。之所以"悄摸"，是因为要跟家里人保密。我小时候觉得世界上不可能有比炸猪排更美味的料理了，所以那时能和父亲一起下馆子就会开心得不得了。

上野的池之端有一家叫"世界"的牛肉锅店，我们经常一大家子去吃。从二楼的雅座向外眺望，中庭的池塘中落着一只白鹤。无论何时去看，白鹤都是单脚伫立，纹丝不动。我还记得，把额头抵在玻璃窗上，一动不动地凝视着白鹤时的心境。当四周逐渐昏暗，唯有那只鹤身上浮泛出一抹纤白。

人类的记忆本就并非确凿无疑，我脑海中的鹤的形象随着年月流逝想必也多少有所修正。毕竟那已是半个世纪前的记忆了。然而，这只残留记忆中的鹤仿佛留在了绵密的罗网上，无论何时都不曾褪色。

还有一段至今也难以解释的记忆，有一天，我和父亲一起去新宿的电影院一口气看了好多部电影。好像是在武藏野馆的附近，我当时总抱着一种奇异的态度打量着去电影院看了一部又一部外国电影的父亲。

在当时的电影院售票处旁，我们拉开蒙满尘埃的厚重的天鹅绒布帘，走进晦暗的观众席时的感受，在我的记忆中清晰地留存着。这或许可以说是感受性意象。

现在想来，父亲那时不知为何事郁郁寡欢，或许是为了排解愁绪，才带儿子去电影院接连看了许多部电影吧。忧郁的原因或许是工作，或许来自家庭内部，小孩子的我无法理解这些。即便是现在，我也只是胡乱猜测罢了，可能猜得八竿子打不着。

直到最近，我才开始揣摩起父亲曾经的想法，以前我根本不曾顾忌过父亲的心情。光是想想就觉得厌腻。这种反感延续了很多时间，最近我才摆脱这种桎梏，有余裕去思考父亲的想法。

说是"余裕"，兴许是因为我自己也临近父亲离世时的年龄了。这样的省悟确实来得太晚了。

前面我写过，赛马是父亲唯一的兴趣，这其实是漫画式的笔法。父亲那一代人的青春时代恰逢大正年间（即二十世纪二十年代），现在想想，他还是有很多兴趣爱好的。他对于歌舞伎、游艺、体育运动很是了解，也精通赌钱的伎俩，还接触过当时新兴的摄影和登山。枪岳、穗高岳以及"日本的阿尔卑斯山脉"[1]的诸多山峰都留下过他的足迹。他常常给孩子们讲述在山中遭遇危险的故事。

每年夏天来临时，父亲都兴高采烈地用鞋油把登山靴刷得锃亮，将地图、指南针、手电筒、雪掌塞进背囊。每当看到父亲为登山做准备时的身影，我就痛感大人和孩子一样，世界上也有大人专属的玩具呐。

不久以后，世间染上了战争的颜色，父亲每天都满腹牢骚。少年时的我对此颇感厌恶，但如今，我的看法截然相反。母亲曾短暂地参加了爱国妇人会，父亲对此大加嘲弄，我现在对此深有同感。我觉得父亲从始至终都贯彻了战争旁观者的立场。

没有任何意识形态背景，只不过是一介战争的旁观者罢了。即使如此，战争结束后，父亲在六十岁时猝

1　指被称作北阿尔卑斯的飞骅山脉、中央阿尔卑斯的木曾山脉与南阿尔卑斯的赤石山脉。

然死去,我想还是因为他在战争时代备受煎熬,心力
憔悴。或许出于为父亲的亡灵报仇这层意义,我在这
世上就是要尽情地任性,斩断与浮世的羁绊,只为自
己随心所欲地活着。也许只是歪理,但无论是谁,不都
是凭着这样一种信念活下去的吗?

比起去哪里游玩,我更喜欢乘坐电车游荡。还是孩子的时候,出趟远门就有无穷的乐趣。尽管我从小在城市里长大,对于乘电车的偏爱却远超常人,连我自己也难以理解。

山手线的电车已经够让人欣喜,但若是搭乘蒸汽火车就更棒了。

在孩子的眼中,蒸汽火车仿佛是活着的生物。从远处,汗流浃背、气喘吁吁的蒸汽火车终于进站,安心地长舒一口气,但仍然一直"咻——咻——"地喘着粗气,看上去健康强壮,讨人欢喜。钢铁的肌肤上泛着黑光,默不作声地完成自己的工作,我无法不对它心生敬畏。

昭和二十年的夏天,我进入旧制高中念书。直至日本战败的一个月里,我受到学生劳动动员令的征召,在大宫的铁道工程机械部干活,没承想,我在这里和蒸汽机车有了更亲密的接触。所谓铁道工程机械部,就是整备蒸汽机车的地方。全国各地老旧的、故障的蒸汽机车都会被送到这里。我掀开蒸汽机车前部的盖子,钻进那圆筒形的车体内部,手持錾刀和铁锤刮掉附着在锅炉和烟囱上的黑煤。

恰好赶上盛夏酷暑，工作的时候被汗和煤弄得全身都乌漆墨黑的。飞溅的煤渣甚至能侵入裤子和内裤里。虽然听起来像讲故事，但真的连肚脐也变成了黑色。我在那以前从未有过一身黑地从事体力劳动的经验。不过，我托这件事的福和蒸汽机车结下了不解之缘，对火车的喜爱与日俱增。

无关乎最近兴起的 SF 热潮，我现在还记得，曾经在北海道的知床半岛偶然望见，一列蒸汽机车在青空与大海间轰鸣奔驰，那勇猛的身姿简直让人感动得想要流泪。

同样是电车，行驶在东京街头的市营电车在孩提时代的我眼中就没有那么魅力四射。原因大概在于，司机近在咫尺，他怎么打方向盘都能看得一清二楚，不留有一丝神秘感。单从一旁来看的话，驾驶电车就像摆弄玩具一样简单，让我觉得自己也能做到。

说起来，地铁倒显得格外神秘。当时地铁只有浅草至新桥、新桥至涩谷两条线，一旦走入地下，空气闪烁着荧光，渗出阵阵寒意，仿佛刹那踏入某种此世所无的氛围。据三岛由纪夫所说，当时的地铁站内飘浮着"如橡胶又如薄荷般的气味"，我也还记得那种味道。我很喜欢汽油味儿，对这种地铁的气味也很钟爱。

如今已经看不到"花灯电车"这一风俗了，但在昭和初年，当花灯电车浩浩荡荡地行驶在街上时，宛若照亮夜空的霓虹，蔚为壮观。

荷风在《断肠亭日记》的昭和十五年十一月十二日的日记中写道："第二次来银座食堂吃晚饭。正赶上数列花灯电车驶过银座。街上的群众欢呼若狂。"花灯电车是纪元两千六百年[1]庆祝祭典的一环，诅咒时局的荷风自然是冷眼旁观，但至少在我们这些小学生眼中，它反映了经济的繁荣。

"花灯电车最后一次出现在昭和十一年秋天，其后便没有了。"荷风又在同年十一月十六日的日记中写道："我听医院药房的女人说，医院中三分之二以上的人不曾见过花灯电车。知道这东西的人岁数都已四十多了，由此推测，目前东京的住民大半是昭和十年后从地方上迁居而来的。"但在我的记忆中，昭和十一年至十五年间见过好几回花灯电车。

电车之于孩童的魅力在于，驾驶座与乘客仅有一

1　即日本初代天皇神武天皇即位纪元，元年为公元前660年。1940年日本举办了一系列庆祝纪元两千六百年纪念的活动。

面玻璃之隔,穿戴制服、制帽坐在那里的司机太叫人羡慕了。"等你长大想做什么?"每当被这样问起,我就会回答:"电车司机。"很多孩子的答案都和我一样,不得不说,实在是个老掉牙的梦想。

那个时期我还想当棒球选手,不过和电车司机孰前孰后,我就记不得了。现在回想起来,小孩子的想法有够奇奇怪怪。当时是六大学棒球的黄金时代,而且随着无线电实况转播的普及,棒球的人气越来越高,那会儿才两三岁的我经常模仿解说员说话:

"投手宫武,第一球准备!他投了!"

走路还摇摇晃晃的时候,嘴上却已经能说会道了。

顺带一提,昭和二年的时候,从高松商业学校考上庆应义塾大学的宫武三郎是王牌选手,他作为投手有二十七场比赛投完全场,总战绩三十六胜六败,安打率34%,七记本垒打,这一纪录直到长岛崭露头角才被打破。棒球选手贝比·鲁斯(Babe Ruth)访日是在昭和九年,那时我仍是个棒球迷。

仔细想想,我两三岁时第一次爱上棒球,后来小学三四年级时第二次痴迷棒球,现在已经对棒球完全失去了兴趣。

我们是听着收音机里的棒球与相扑的实况转播长大的一代人。无论什么季节,我们一放学就飞奔回家,抱着收音机听。"抱"这个动词与收音机太般配了,在电视前就不会有这种感受。如字面意思,我们总能看到有人怀里抱着收音机侧耳倾听的身影。

当时的收音机大都粗制滥造,隔三岔五发生故障,每当关键时刻总会出现"嘎吱嘎吱""噗吭""卟叩卟叩"之类的杂音,完全盖住了解说员的声音,让人大为光火,用力猛敲收音机,一敲就灵。我记得漫画《野狗黑吉》里有类似的桥段,斗牛犬连队长收听相扑的实况转播时,杂音越来越大,最后什么都听不清了。

话说——还请读者原谅我这样生硬地换话题——最近看到一则新闻,横滨的一伙中学生对流浪汉施暴,好像把人活活打死了。我不禁想到:"现在的教育教出的都是怎样一群懦夫。"我意外地联想到了电影《E.T.外星人》。

依我看来,看电影《E.T.外星人》会流泪的中学生与对老人施加集体暴力的中学生显露出了同样的精神面貌。两者都成长于这个"以强大为美德"之风潮完全销声匿迹的世间,这些可怜的孩子的行为充满了武断性。我想要强调的是,没有渴望强大的志向,就会丧失对弱者的关切。

我曾在某家报纸上发表过关于《E.T.外星人》的观后感,引用其中一节如下:

"E.T.在电影中越来越虚弱,痛苦地发出呻吟,就在医生给它做人工呼吸的时候,不知为何,我在E.T.的脸上看到了一张老人的脸。其实脸也好,手脚也好,E.T.本身就像个浑身皱巴巴的老头儿。所以我想,如果有个孤独的老人从养老院逃了出来,鬼鬼祟祟地出现在你家,你会像少年埃利奥特一样把老人藏匿在自己房间里吗?"

"'不要,E.T.确实可爱,但老头儿又不可爱。'应该没有人会说出这样冷漠的话吧?"

在我写下这些话的一个月后,就出现了对老弱施暴的中学生团体,他们宣称"要扑灭满身酒气、蓬头垢面的"流浪汉,对其拳打脚踢。我的文章一语成谶,为此我心情很消沉,寝食不安。

我想尽量避免晦涩枯燥的讨论。在当今世上,"以强大为美德"的风潮已经完全偃息。这是战后教育的弊病所在,我想,原因之一是父亲形象在家庭中的缺失。家庭曾经的成立基础业已崩溃，母性原理的岩浆淹没了整个社会，却不存在与其相互平衡的道德标准，因此，暴力才会冲破地壳，喷薄而出。当然，中学生毫无意义的自杀也表露出相同的倾向。

　　如若不具备赖以生存的强韧，孩子们很容易就会走上自杀的道路。只有温柔，是不够的。

最初的记忆

　　对于最初的记忆,有些人似乎能够浮现出鲜明的印象,我的眼前却是一片朦胧。几幅碎片化的印象出现在我的脑海中,但因为它们太过支离破碎,我无法轻易断定哪一幅才是最初的记忆。

　　母亲的娘家在芝高轮。当我还是个牙牙学语的幼童时,身为政友会的众议院议员的姥爷经常带我到泉岳寺附近散步,但我对此毫无印象。听说我学走路那会儿,在庭院的草地上和小狗翻滚嬉戏,可我也不记得了。

　　从芝高轮的家的二楼似乎能够望见品川的大海和台场。这么一说,我想起了,确曾眺望过窗外在远方泛着银光的大海。不知是谁曾告诉我:“那就是台场喔。”最初被称作“台场”的是那座建造于幕府末年的海中炮台,它留存到了何时? 在何日被填埋? 我都一无所知。说不定,在我还是婴孩时它就已经消失了。

　　我还清楚地记得,在芝高轮的家,玄关外的转廊上有座假山,绿树结出红色的果实,我和一个叫阿阳的堂兄摘下红果子互相扔着玩。那时候应该也有三岁了。

　　关于四岁前所住的埼玉县川越市的家,我还有一些记忆。

更准确地说,我们家在川越市搬过三回,最初是在黑门町,然后是志多町,最后是御狱下曲轮町。其中,我对黑门町没什么印象了,移居志多町以后的记忆就比较清楚了。

我不大清楚父亲当时当银行职员的薪水,不过,我们家在志多町的房子非常宽敞,走进花岗岩的大门,庭院里有一片草莓田,尽头供奉着一尊稻荷神像。有次我跟父亲和祖母一起去日光旅行,时隔多日,刚一回家就发生了地震,只记得庭院中石灯笼的笠盖掉到了地上。

我还记得关于那次日光旅行的一些片段,时而会想起曾经在华严瀑布周围散步。出租车司机走在我前面,不经意间从兜里掏出一颗仁丹似的东西,兀自塞进口中。

为什么这么点鸡毛蒜皮的事儿居然五十年后还记得呢?想想也挺奇妙的。

我以前写过,志多町的家附近住着一个绰号"跟包田"的东西屋,我家隔壁住着个开杂货铺的人。店头贴着一幅巨大的可尔必思广告,画中的黑人头戴大礼帽,系着领结,在用吸管喝可尔必思。

　　为什么这茬我会记得如此清楚呢? 这是有原因的。我总觉得黑人那张笑眯眯的脸上有种说不出的恐怖。

　　这么说来,宝丽多唱片的标志虽也谈不上诡异,但总让我觉得别扭。那标志是张黑人的脸,既像喇叭又像耳朵一样的东西向左右两边拉扯。

　　当时的川越有种古老的城下町的氛围,街道格外静谧。不过在花柳街的隔壁有家咖啡馆,整日放着《川越音头》[1]这张唱片。

　　　　武藏国的川越藩,美丽的城下町哟。

　　　　月洒芒草,呀叻呀叻!

　　　　出来看呐,出来看呐!

　　那时家里的女佣是个从群马县高崎来的、活泼好动的小姑娘,名字叫作咲夜(サクヤ),但忘了为什么,我总唤她作细亚(アジヤ)。虽然是个什么事儿都能

_____

　　1　音头,独唱与合唱交替的歌曲形式,后来演变为领唱者演唱歌词,其余人只唱衬词,比如运木歌、盂兰盆歌。

办砸的冒失姑娘，但性格温顺善良，让人生不起气来。有天晚上，细亚面无血色地从厨房慌里慌张地跑出来。

"啊——！夫人！夫人！"

母亲不知道发生了什么，惊讶地起身想要赶过去，细亚却已经瘫倒在榻榻米上，仿佛松了口气似的，肩膀发颤，喘着粗气。一打听，原来是刚才有一只老鼠从后颈钻进了她的和服里，在背后乱窜，而后从衣裾溜了出去。虽然在一脸要哭出来的她面前发笑很过意不去，但全家人都没忍住哄堂大笑。

昭和七年的白木屋火灾[1]中，十四个穿和服的女店员害怕凌乱的衣裾会露出私处，耽误了逃命，因而葬身火海。据说，女用衬裤就是从那以后才普及的，所以嘛，细亚当时肯定没穿衬裤。这么一想，受到惊吓也是理所当然。

但是，我那时才三四岁，对于发生在女佣身上的老鼠事件，并没有产生什么情欲的想象，只是觉得很稀奇罢了。

说到老鼠，当时每家每户的天花板上面都住着老

1　白木屋火灾，1932 年 12 月，位于日本桥的白木屋百货商店四层起火，造成 14 人死亡、67 人受伤，是日本最早的高层建筑火灾。

鼠,简直像在开运动会似的,一到夜里,老鼠成群结队在天花板上横冲直撞。即使拿棍子从底下狠敲,吓唬它们,也无济于事。

细亚的英雄事迹还不止于此。下面再来讲一桩。

有天,她在川越的街上走,撞上了一辆骑得飞快的自行车。不对,好像应该说"被撞"才对。然而,她不仅没有倒下,身上一点伤都没有,反而是骑自行车的男人翻倒在地受了伤。

应该也是住在志多町时发生的事吧。我家附近住着一个叫良子的小女孩。有一回,她爸爸带着我俩去看有声电影。这在当时还是个稀罕玩意儿,只有引进的外国电影。出演少女歌剧的阿泷(水之江泷子的爱称)当时风头正盛,所以还有傻瓜把"阿泷(ターキー)"和"有声电影(トーキー)"搞混。

电影的内容我已经忘得一干二净了。只记得有这么一幕:西洋的幽灵——像三K党成员似的戴着白头巾,只在眼睛和嘴部留个洞,轻飘飘地幽浮出没。我真的害怕极了。

看完电影,我们走夜路回去的时候,良子的父亲讪笑着说道:

"龙雄（我的原名），瞧，鬼来了。"

说着，他耷拉着两条胳膊，仿佛幽灵的模样。他看我怕鬼就故意吓我。我越不愿意回想起鬼，他就越要让我想起来。大人总是以吓唬小孩为乐呐。

良子是我最早的要好的异性朋友，但因为这件事，我对她爸爸可没什么好印象。

说起害怕，我在川越经历了童年时期最恐怖的一样东西，那就是莲庆寺的宾头卢[1]。

莲庆寺是在川越当地与喜多院并称的名刹。在这座寺庙的本堂前，安置着一尊仿佛花斑秃了似的奇怪的宾头卢罗汉。善男信女会用手触摸它，祈求疾病康愈。我现在对于莲庆寺寺内的景色没有任何印象，却始终记得对那尊罗汉像所感到的恐惧。

成年以后，我一次都没有再回过川越。但我想，即便故地重游，恐怕也只会像是去一个初次造访的城镇吧。不过，近来在杂志上凹版印刷的照片中看到古老的城下町，不由也生出了重访旧地的念头。

1　宾头卢，全称宾头卢跋罗堕阇，十六罗汉中的第一位，汉传佛教中称坐鹿罗汉，因在世人面前显神通而被释迦呵责不得涅槃，在释迦入灭后仍在救济众生。

　　从志多町搬到御狱下曲轮町之后,我的记忆就越发清晰了。

　　我家位于悬崖下,庭院连接着悬崖,若是沿着路登上崖顶,就能将我家一览无余。这是片安静的住宅区,附近是寺庙和杂木林。我还记得,从庭院至悬崖,一路盛开着紫红色的杜鹃花。

　　虽然是铺着榻榻米的和室,但是有带窗帘的玻璃窗,给人些许西式房间的感觉。从我记忆深处浮现出的光景,便是发生在这间房间里。

　　那是个阴郁的下雨天,看得见窗外的棕榈叶被雨水打湿。屋内,老婆婆演奏着小提琴玩具。她是来帮佣的老妇,我和妹妹都亲切地喊她"阿婆"。

　　说是演奏小提琴,其实,老婆婆也不怎么会。她只是用牙齿都掉光的嘴哼唱着流行歌,胡乱摆弄乐器罢了。唱的大概是《红屋少女》之类的歌。

　　母亲有事要去东京办,为了不让留在家中的孩子感到寂寞,老婆婆竭尽所能地逗我们开心。

　　老婆婆不断变着花样,演奏了一首又一首曲子,我觉得有意思极了。伴随着小提琴玩具奏出的尖厉的声音,我和妹妹两人在榻榻米上欢蹦乱跳地舞蹈。

也许是为了驱散母亲不在家的寂寞,我那时有意识地摆出一副兴致勃勃的派头。每每想起那幅画面,我都会感到某种悲哀。

随着父亲工作的调动,我们离开了川越市,举家搬到了东京的泷野川。这是昭和七年的事,那时我四岁。不知为何,我至今还记得,搬家时乘坐的出租车里挂着一个南部地方产的烧水壶。

病秧子

"你啊，真是个病秧子。"

来我家出诊的医生要回去时，边用母亲准备的水盆洗手，边笑着对我说。

这样的说法现在似乎已经不常见了，但在我小时候经常能听见。再比如形容爱撒谎的家伙会说，"他真是个撒谎精"。漱石的《哥儿》中有这样的描写："也有像红衬衫那样以涂抹发蜡和当窃香贼为己任的家伙。"

总而言之，"秧子""精""贼"之类的说法指某领域内的专家。就如医生给我盖上的"病秧子"这个戳，我小时候确实病就没断过。光是我记得的病名就有疫痢、肠黏膜炎、白喉、水痘、中耳炎等，至于感冒、拉肚子什么的更是家常便饭。

当时看医生很少有说特地上医院的，大多数情况下是出诊，都是医生提着皮包，徒步上我们家里来。也有的医生身穿和服，坐着人力车来。一说起医生，我眼前浮现的形象便是提着皮包的男人。当时的我肯定想象不到，如今的医生都穿着白大褂，倨傲地仰坐在诊察室里。

诊断结束后，母亲会用珐琅彩水盆盛满水，恭敬地端到医生面前。当着心怀敬畏的母亲的面,医生要洗净双手,才慢悠悠地说出诊断的结果。

"星期天的早上,我右手端着一碗难闻的蓖麻油,左手捏着薄荷味的水果糖,但我不肯喝下这泻药。母亲说不喝不行。我还是不肯。母亲催我别固执。但我就是不肯。"

这是让·科克托的《我的青春》中的一节,想必很多日本人也有相同的记忆吧。实话说,我就特讨厌浣肠,要让我喝下那碗又难闻又黏糊糊的蓖麻油,简直比死都难受。

生病的时候,躺在床上和躺在榻榻米上的感受也迥然不同。如果躺在榻榻米上,视线会一下子变得很低,对房间的感知与平日大相径庭。眼睛的位置大概只和脚边的火盆一般高。濑户烧的火盆表面上绘有中国风的山水画,这也是我在生病后,怔怔地盯着火盆看时发现的。人总能在意想不到的地方发现意想不到的人物呐。

当我把下巴从被子上抬高,眼前的景象因发烧而模糊不清,看着天花板和隔扇,物体仿佛有两条轮廓。不,并不是错觉,而是我实实在在看到了窗棂的重影,我记得当时怎么都无法消除。

　　　　　在茅坑上，被抱着，

　　　　　从屁股里，屙出蛔虫。

　　这是中原中也的诗《三岁的记忆》中的一节，我并没有类似的经历。但说起茅坑，我记得在七八岁的时候，因为得了肠黏膜炎，整个人没有气力，一天得去好多趟厕所，都是母亲搀扶着我蹲在茅坑上。虽然便意猛烈，但什么也屙不出来，只有白色的黏液喷出。我小时候体弱多病，严重时甚至出不了厕所。

　　尽管是个"病秧子"，但我至今只去过一次医院，是在我六岁患中耳炎的时候。

　　从神明町车库前通往富士前町的坡道中间有一家专治耳鼻咽喉科的 S 医院，院长 S 先生是颇负盛名的名医。他身材矮小，肤色很白，蓄了一撮小胡子。我在 S 医院二楼的和室里休养了好几天。因为我那时才六岁，又是第一次和父母分开在外留宿，所以医院指派了一名年轻的女佣在旁看护我。

　　我记得枕边有个火盆，女佣把切得很薄的红薯片放在火盆上烤。我在家里从没吃过这东西,所以觉得莫名香甜。房间里有火盆,想来应该是在冬天。

关于这名女佣的记忆还不止于此。她还给我唱过极卑猥下流的歌谣,听得我躲在被窝里哈哈发笑,但现在,那歌词和旋律早已不再记得了。当然,这件事我没有跟母亲说过。

护士或者女佣会向年幼的男孩传授下流知识,这种事似乎很常见。不消说,男子尽管还没有明确的意识,内心却对此有所期待,因而也不应把过错都归咎到女子身上。尤其是和家人分开后,她们是男子初次结识的年长女性,自然容易产生性方面的蓬勃好奇心。

因此,她们或许也是在回应男子的好奇心。又或者非但如此,她们自己多少也在享受对男子的性挑逗。

女佣有时会悄悄把用火盆烘得暖乎乎的手伸进我的被窝,一边喊道"将军!"一边猛地握住我那小玩意儿。我父亲从不在家里下将棋,所以我也不清楚"将军"什么意思,我那时也只是不明就里地跟着笑罢了。

长大后回想起来,这件事似乎有了新的意义,但对于孩子而言,并不是什么大不了的事情。六岁的我既没有受到特别的冲击,也不曾感到秘密的快乐。只是没想到五十年后的今天，我依然还记得。

我想不起那位女佣的相貌，但直到现在，我仍对她抱有朦胧的好感。

既然话题拐到奇怪的方向去了，那便再写一桩吧，我少年时代与性冲动有关的故事。

前面也提过，埼玉县入间郡霞关的高尔夫球场附近的村子里，一个叫丰野的女孩来我家帮佣。有一回，我见她急匆匆往白色围裙的口袋里塞脱脂棉，慌忙朝厕所跑去，便大声喊道：

"哇！好奇怪呀！丰野居然用脱脂棉擦屁股！"

丰野羞得满脸通红，狠狠地瞪着我。我被她那股气势震住，赶紧噤声不语。

我那时候完全不理解女佣拿着脱脂棉进厕所意味着什么，然而，即便不理解，却也隐隐预感到其中藏着什么秘密。我对于这种事情总是特别敏感。

还有另一件事也与此有关。

在京滨东北线上中里车站附近有一家古老的平冢神社，供奉着我们居住的泷野川中里町当地的镇守神。我们经常去那里玩。有天，我和丰野一起去平冢神社，她避开参道的中间，而从路边走，也不穿过鸟

居,而从鸟居旁绕过去。我觉得很奇怪:

"为什么不走中间呢?"

她表情神妙地回答说:

"我现在身子不干净,不能在神明面前放肆。"

我根本不能从字面上理解她所说的话。但我判断出这仍与上次脱脂棉和厕所事件有关,好像抓住了一丁点儿线索,却还是一头雾水。不过,能看穿两者间的关联,看来我小时候眼力还是相当不赖的。其实日后回想起来,两者也确实有关联。

恐怕在今日的年轻读者看来,丰野的想法只不过是愚蠢的迷信罢了。少年时的我也是这么想的,尽管不懂其中原委,还是冲着丰野嚷嚷道:"你这是迷信!"但我已不记得她是怎么回答的了。

还有一回不算生病的经历,我小学三年级的时候曾因为右脚骨折而长期休学。那时我的右脚缠着石膏绷带。

这件事儿我记得特清楚,在痊愈后拆除绷带的时候,护士拿了把锯子,照着我脚上的石膏呲嚓呲嚓地锯了起来,给我吓了一跳。白色粉末四处飞溅,石膏咔嚓一声裂成两半。我还把锯开的石膏拿回家做了纪念。

东京大空袭

我在参加旧制高中的入学考试时接受了 M 检查。

可能有人没有听说过,简而言之,M 检查是体检中的一项,你可以理解为是针对男性生殖器的检查。明明不是征兵检查,何必连那里都要检查呢? 昭和二十一年一月,我年满十六岁零八个月,检查官把我的阴茎揉来捻去的。因为正值战争时期,入学考试只有体检,没有学科测试,好像只用写一篇作文来着,但也有可能是我记错了。

就这样,我考上了旧制浦和高等学校。由于战争,我们要多念一年,四年才能够毕业,可以说是特例的一代。

以前的旧制高中学生有"三神器",分别是白线学生帽、斗篷和厚朴木屐。实话实说,我非常憧憬高中生的制服,既然考试合格了,就必须赶紧凑齐这三样东西。但当时战争已接近尾声,所有物资都十分匮乏,很难按照自己的心意凑齐这些。去帽子店没有帽子,去西装店没有斗篷,去木屐店没有厚朴木屐。

于是,母亲把一件呢绒外套的袖子给裁短了。当时如果长袖飘飘,会引得人频频侧目。我把裁剪下来的袖子拿到大冢仲町的帽子店,托店家把袖子染成黑色,给我做了一顶学生帽。顺带一提,说来有些难为情,我们初中时候一直戴着卡其色的军帽。

斗篷又该怎么办呢?如果有谁愿意出让一件旧斗篷自然是再好不过了,但是找不着这么个人。因此,我只好把父亲的一件旧的和服披肩外套拿去西装店改成斗篷。令我喜出望外的是,这件斗篷意外地合身。

最后是厚朴木屐,不过,这东西太难搞到手,所以我早早就放弃了。住在栃木县佐野町的叔母与附近的一家木屐店有交情,她给我送来一双崭新的厚朴木屐。这是那段时日中我最开心的事情了。我就这样集齐了"三神器"。

尽管我历尽辛苦终于集齐了"三神器",等我高中入学的时候却发现,班上同学人人都备好了这三样东西。"欸!"我不由得感慨,哪怕是物资匮乏的非常时期,大家也都能想出东拼西凑的法子呢。

但是在入学前,我家的房子毁于战火。来写写那时的事吧。

东京的昭和二十年,或可说始于 B29 轰炸机的空袭。一月二十七日,轰炸机七十架;二月二十五日,一百三十架;三月十日,同样是一百三十架,当天的大空

袭造成了十二万人左右的伤亡。东京的平民区几乎被
夷为平地,大家都在传,下次轰炸就轮到山之手了。
B29 轰炸机每隔一个月就会从塞班岛袭来一次,人们
猜测下次空袭将发生于四月中旬。

新学期一般是从四月开始,但在这种局势下,连入
学典礼都难以举行。浦和高中半数以上的学生是从东
京的初中考上来的,受到战争波及的人数非常多,所
以就算举行入学典礼,新生能不能尽数到场都成问
题。还有很多人的家在空袭中被焚毁,不得已只能搬
往其他城市。不,就连我自己,不久后也将面临同样的
命运。

我在泷野川中里住了十年之久的家也因为强制疏
散而被拆除。我们一家迫不得已只能搬到附近暂住。
日本画家 S 经营着一家名为双叶庄的公寓,他本人早
就被疏散到埼玉县的久喜避难,因此,我们得以在他
家借住。但是我们终日惶恐不安,因为如果继续留在
东京,不知何时就有可能葬身火海。

四月十三日,这种不安终究变成了现实。我们后
来才听广播得知,当夜有一百七十架 B29 轰炸机参与
空袭,尽管造成的破坏没有三月十日那么严重,但此

前相对安全的山之手地区在轰炸中被烧毁大半。

B29 在晴朗的夜幕下肆无忌惮地低空飞行,在探照灯的映照下泛出银色的光泽,犹如不祥的鱼群。空袭警报的汽笛声,炸弹的爆破声,燃烧弹的声音,高射炮的声音,人们的尖叫声。不久,大火在四面八方熊熊燃起,夜空恍如白昼般明亮。尽管我们可以用沙袋和扑火竿对付燃烧弹落地引发的火焰,但若被迫近的火海包围的话,也还是必死无疑。当我们躲进防空洞,却发现里面已变成一座烤炉,无奈只能逃了出去。然而,无论何处都是延烧的火海。房屋被烧毁,电线杆在燃烧,飞扬的火星被风吹成了龙卷。我们跟着逃散的人群四处寻找避难所。

山手线从驹込站至田端沿途中有个非常缓的弯道,其右侧是火车通行的深谷。在谷底穿行的火车会通过田端高地下方的隧道,向上中里方向驶去。我们失去了容身之地,只能从陡急的崖壁爬下,逃进那座隧道。

我们一整晚都待在隧道里。万一有火车开进来的话,必然会酿成大祸,但是在如此骇人的空袭下,应该不会有火车照常行驶。我时而从隧道入口向外瞧,隧道外无处不是炽烈的红莲,汇成一片无可言状的火海。火焰在风的劲吹下向隧道逼近,让人心生绝望。万幸,隧道在这场大火中平安无事。

清晨来临,火势终于有所减退,我从隧道走出来,不由得大吃一惊。环顾四周,目力所及尽是漆黑的焦土,还噼里啪啦地冒着干烟。从灰烬中升起的烟刺得人睁不开眼。周围飘荡着灰尘和恶臭,连日轮也显得阴沉晦暗。

"这样末日般的景象,"十六岁的我那时想到,"一辈子也见不了几回吧。"

也许是年轻的缘故,即使一切都燃作灰烬,也没有太多悲观情绪,毋宁说在胸中油然而生的是好奇心。那日,我漫无目的地在被焚毁的废墟中游荡。沿着驹込站至霜降桥方向,一直从巢鸭走到了富士前,但无论何处,都已化作一片焦土。

四月十四日,我们躲在被划定为避难所的圆胜寺。第二天,我们去镰仓的舅父家借住。从上野到这里的电车已经停运,我们不得不徒步走去上野。

至今我都不曾忘记,我们那时路过谷中的墓地,樱花盛开烂漫,但是谁也没有赏樱的雅兴。樱花悄然地绽放在战祸的阴影下。天王寺的五重塔也幸运地在战火中躲过一劫。

到了镰仓，我们不由得又吃了一惊，这里完全是另一番天地。东京到处是大火留下的断壁残垣，干烟弥漫，焦黑的尸体四处散落，而不曾受到空袭威胁的镰仓仍是一片春光明媚，仿佛还能听见大自然的呼吸。我听见竹林中传来莺啼，道旁开着蒲公英，一种清新的感动涌上心间。历经战争的人会用一双新的眼睛看待自然。

实际上，回想起那时的事还有几分不可思议，明明是逃难，感觉却像是旅行。我们要搭乘的火车挤得水泄不通，只好扒着车窗翻进去，又比如，我坐在蒸汽机车后的煤水车上，用手绢包在头上防止煤烟。我还跑到车钩连接处，同时跨立两节车厢。这种事一上岁数就再也办不到了吧。只要肚子一饿，我也不挑地方，随地坐下就开始吃便当。

四月十三日之后的下一轮东京大空袭发生于五月二十五日，东京市内大多被烧毁。那时候，我已经在埼玉县的深谷住下，过着无所事事的忧郁日子。

即使想联络也毫无手段，学校应该已经开学了吧？

或许只有我不知道开学的消息,还在乡下游手好闲?我每天都忐忑不安地考虑着这些。

终于,我实在是耐不住了,就回到了浦和高中看看情况。学校的告示板上写着入学典礼将在七月份举行,全体新生必须住校,请学生尽快将行李搬进宿舍。但是我家已经烧个精光,连一张书桌也没有。我不得不奔走于亲戚家,筹借入学要用的东西。虽然整座房子都付之一炬,然而,旧制高中生的"三神器"——白线学生帽、斗篷和厚朴木屐却历尽波折回到了我的手上。

从大火中逃离疏散的时候,我也没忘记把帽子戴在头上。我把斗篷和厚朴木屐塞进放橘子的箱子,留在了防空洞里,在上面盖了一层土。后来,我回去把箱子刨出来,发现里面的东西完好无损。为什么我会对这些什物如此珍惜呢? 如今想来,只能说不可思议。

别了！帝都

　　昭和五年春阳堂策划了十五卷本的"世界大都会的爵士乐文学"系列丛书。我不知道这十五册书最后是否全部顺利出版。我手头仅有《巴黎最后的夜晚·赌场》[1]这一册。这是本格外令人怀念的书，我非常珍惜。

　　大概是昭和二十二年秋天，我在神田的旧书店淘到了这本书，刚翻开来读，从书页间掉落了什么。我还纳闷是什么东西，原来是三省堂于昭和六年发行的宣传册 *THE ECHO*，对开版大小的四页报纸，古旧的纸张已经泛黄，版面设计却相当摩登。我把这张报纸依旧夹在书中，保存至今。

　　昭和六年时我才三岁，那已经是距今五十年前的往昔了。最近，我时而重新审视二十世纪二十年代至三十年代，用新的眼光来看的话，这张报纸里或许能发现很多有趣的地方。请让我在这儿引上几段，权当是消遣解闷了。

　　"春天跃出公寓的窗子……我若干年前曾写下这

　　1　系该丛书第四卷，所收录两部小说的作者分别为法国作家菲利普·苏波（Philippe Soupault）、弗朗西斯·德·米奥芒德（Francis de Miomandre）。

样的句子,今年春天,似乎成了很流行的说法。这类文字总爱描写如下的群像:要有几扇相邻的窗,窗边必定有一个把手搭在女子肩上、仰望青空的年轻人,以及一个边给男子系领带、边吹口哨的女子。他们之中还有个寂寞的青年,落寞地倚着窗沿,细嗅起桐花若有若无的芳香。"

这篇文章的作者是个叫手宫光的人。他把"孤独"写作"サブシがる"而非"さびしがる"。也许当时很流行这种吐字不清的表述吧。总之,可以说他便是今日流行的轻薄文体的先驱。

说起公寓,我小学同学的母亲是个时髦的寡妇,她就经营着一家公寓。她的形象与"女士(madam)"一词一同印在了我的脑海中。她还是家长教师联谊会(当时的 PTA)上第一个烫头的女人。

"最好在车里没副手的情况下,再跟一日元的士[1]的司机杀价……任谁都会这么想。当然了,司机一个人跟客人讨价还价的话很容易落败,收入也会因此减少。但是,没有副手的一日元的士总让人觉得很寂寞、

1　一日元的士,大正末年至昭和初年出现在东京和大阪地区的出租车,得名于市内车费一律一日元。

枯燥。当只有司机和乘客的场合,对话就会变得生涩、无趣。最重要的是,跟司机聊得太起兴的话,是非常危险的。"

这篇文章的作者叫作秋川三树夫。读者想必会很意外,当时的出租车上一般都有副手同乘。计价器自然也是没有的,打车须先与司机商议好价格。我还能想起司机把脑袋探出车窗,吆喝着"五十钱[1]走不走?""一日元走不走?"等和乘客讨价还价的情形。

和司机讲了太多话可能会导致他驾驶时分心。现在压根儿没有人会顾虑到这种危险。当然,没有副手的出租车让人觉得寂寞、枯燥,这种心绪与如今的我们相比可就大相径庭了。

这条报道还配有一幅插画,一个系着领结、戴着软礼帽的男人正在与司机商量车费。插画中的汽车与如今相比显得四四方方,而且安装有喇叭型警笛,好像不论走到哪儿都会发出"卟——卟——"的鸣笛声。我们小时候爱把汽车叫成"卟卟车",现在的孩子听了肯定是一头雾水。

1　钱,日本货币单位,1日元等于100钱。

见惯了四方形的汽车，我第一次看到流线型的汽车时还有种新鲜感。不仅仅是汽车。

别了！帝都，
穿行在东海道的特快列车，
富士、樱花、燕子[1]，
留下飒爽明亮的影子。

这是土岐善麿作词的国民歌谣《新铁道歌》的第一小节，我们当时对帅气的流线型电车所怀抱的憧憬，比起今天的孩子对新干线的憧憬有过之而无不及。

THE ECHO 里还有这样一篇报道，作者是星村牧之助：

"下午三点的东京站，从三越百货开来的红巴士满载着要去郊游的太太，将她们丢在这里的广场，又径直驶离。多么繁忙的时刻呐。（抱歉！）区区的五厘[2]车钱传达着这个时代的大众的强烈心声，在如今经济极其不景气的时代，我们的蛙嘴钱包不知瘪了多

1　均为 1929 年至 1930 年间开始运行的特快列车的名字。
2　厘，日本货币单位，1 钱等于 10 厘。

久了。曾经那些太太从红巴士上走下来时，购物买的东西多得两只手都拎不动。Chauffeur（司机）过来帮忙，她们发出幸福的尖叫，踉跄地撞到 Chauffeur 的胳膊。呜呼！这幅灿烂耀眼的风景是比关东大地震更加久远之前的回忆。

"而现在，在东京站前广场被卸下的太太们两手空空，显得有点儿寂寥。一张张长满雀斑的脸茫然地眺望着丸内大厦，数着有多少扇窗户。"

我记得母亲也经常带我坐地铁去三越百货，但在我们去的时候，已经没有红巴士了。据这位作者所说，昭和六年的经济萧条使得百货商店的营业额大幅跌落。有趣的是，他用英文"Chauffeur"来表示"司机"。

> 恋爱季节里的丸内大厦，在那扇窗边，
>
> 有个流着泪写信的人。

正如西条十八作词的《东京进行曲》（昭和四年）所唱，丸内大厦从东京站能够一览无余，是为当时东京的新象征。丸内大厦在高度上与海上大厦并称，应是战前东京最高的建筑物。我记得《幼童俱乐部》和

《少年俱乐部》里是这么写的。

我的父亲在丸之内的工业俱乐部隔壁那栋楼上班，所以我在念小学时，有过一两回独自在东京站下车，跑去父亲办公室的经历。

说起来，昭和十年至二十年的前半，《少年俱乐部》曾经列举过堪称东京新地标建筑的照片，譬如昭和十一年落成的国会议事堂、昭和十二年竣工的帝室博物馆（今东京国立博物馆）、震灾纪念堂、圣桥以及清州桥。就连明治神宫、泉岳寺也成为当时备受瞩目的东京名胜，这在今天看来难以理解。

昭和十五年，我小学六年级时参加修学旅行，去了伊势、奈良、京都巡游。可是在京都只去了平安神宫、建勋神社和丰国神社。一座寺庙都不曾踏足过。这是因为当时的小学奉行皇国史观的教育方针，重视神社而轻待寺庙。建勋神社祭祀的是织田信长，丰国神社祭祀的是丰臣秀吉，皆被视为对朝廷公忠体国的人物，所以才会组织小学生来这里参观的吧。

好容易去趟京都，没有参观寺庙便回去了，这放在今天简直是无法理解的吧。

且添一笔，我们出发去关西旅行的时候，一大早就得起床,星星还挂在天边,我们就在小学校园里集合完毕。兴许才凌晨五点吧,又值冬天,我记得冷得可怕。尽管早早出发,火车经过名古屋时却已日薄西山,抵达伊势时已是深夜了。如今的新干线只用三个小时就能到达京都,不禁让人生出不胜今昔之感。

说得有些离题了,我们接着讲昭和十五年修学旅行的故事吧。

我们在伊势住了一宿,翌日,大家吃完早饭都着急去解手,厕所前排起了长龙。这也无可奈何,住宿的小学生有将近两百人,厕所就那么几间。我不擅长四处转悠找机会插队,来得又晚,只能混在女生的队伍里。我身前身后排的都是女生。终于轮到我了,我刚一进厕所,那些一直装作若无其事的女生一齐跺脚,扯着尖嗓喊道:

"涩泽! 你倒是快点呀!"

我一点辙都没有,心中羞耻,脸上红得像着火。当时的小学生进入高年级后会施行男女分班。若是被人听见女生大喊我的名字,我在班里同学面前就抬不起头了。女生们大概也知道这一点,才故意使坏心眼,卖力喊我的名字。

　　我在厕所里涨红了脸，只能小声嘟囔着："混蛋！吵死了，别喊了……"我意识到自己无可奈何地成为女孩集体性虐待的牺牲品。然而不得不说，在我的意识之中也混杂着一丝快感。

战前战后，我的银座

堤坝上开满了美丽的杜鹃，我从闲静的驹込站搭乘省线电车，在有乐町站或者新桥站下车，这就是我少年时代去银座的路线。那时是昭和十年至二十年的前半。

从战前到战后，再到举办过东京奥运会之后的现在，有乐町站的面貌一直在变化。我记得在战后的某段时期，银座方向的出口正前方有一家特别大的旧书店，这放在今天简直难以相信。想必许多人都还记得，若往日比谷方向走，须穿过一条蜿蜒曲折的羊肠小道，途中会路过一家稻荷神社。

那时候，还是小学生的我每当跟父母一起走过数寄屋桥，一定会在街头的照相馆流连忘返。那家店的目标群体本来也就是亲子吧？实际上，从日本剧场前到数寄屋桥一带有许多等着为过路人拍照的街头摄像师，直到太平洋战争开始后，政府才禁止他们当街营业。

站在数寄屋桥上眺望，我记得，正对着朝日新闻社的建筑是一座演出日本音乐的剧场，建筑背面泛出微微的白色。

有一桩很著名的故事，昭和十六年二月，李香兰在日本剧场演出,观众围绕剧场排起的长龙里里外外竟有七层半。不仅如此,当时很多人喜欢去剧场地下看新闻片,日本剧场周围排队的人无论何时都是从地下排到地上。在战争已经开始后,我还和父母一起去看过新闻片,然后又去和光里的梅林(别名珍猪美人)吃炸猪排,这是我少年时最期待的事。

梅林的筷子袋上画着珍猪美人,她身旁还有一只弹奏三味线的小猪。放在今天不知如何,但在儿时的我眼中,好玩极了。

圣诞节来临那天,我脸蛋冻得通红,在夜幕下的银座中穿过熙攘的人群,悠闲地散步到二丁目的伊东屋,在那儿买些文具或者别的什么,喝一杯茶之后再回家。归程需要坐市营电车,经由须田町坐到神明町车库前站,不然就是奢侈一把打个一日元的士。

再来聊聊战后的故事吧。

我那时还在念浦和旧制高中,所以应该是昭和二十一年,我和朋友两个人扛着几十本书到银座卖。朋友的父亲是个藏书家,书是从他的书斋里悄悄偷出来的。我们在有乐町的高架桥下铺了张席子,把旧书摆列开来露天叫卖。卖书钱一到手,我俩就跑到东京剧场看法国电影。我记得应该是《不屈号商船》(*Le Paquebot Tenacity*)来着。然后去东京剧院前的小河上划船，当然，这条河现在已经没有了。

不只在银座卖书，我还从旧日本陆军的兵器厂里偷过几回双筒望远镜和皮腰带，拿到新桥的黑市上卖。那是个不论什么玩意儿倒手就能换钱的时代。

昭和二十三年，我从旧制高中毕业，大学考试落榜，也就成了所谓的"白线浪人"[1]。那时候领着刚满二十岁的我出入银座、浸身于恍如瓦尔普吉斯之夜[2]般骚乱可怖的战后气息的人是姬田嘉男[3]，他如今也已经不在了。姬田当时在东和电影公司给引进片制作字幕，同时也执笔创作黑道题材小说，他与高见顺[4]过

1　浪人本指失去领地和俸禄的武士，后来代指落榜备考来年的学生。日本旧制高中的学生帽上缝有白线，因此，考大学的落榜生又称"白线浪人"。

2　瓦尔普吉斯之夜(Walpurgis Night)，4月30日或5月1日在中北欧地区举行的春祭，名字源自对英国传教士圣沃尔普加的纪念，传说这一天为魔女聚会之夜。

3　即秘田余四郎(1908—1967)，本名姬田嘉男，翻译家、小说家。

4　高见顺(1907—1965)，日本小说家，本名高间芳雄，以描写左翼转向后的苦恼与颓废的《故旧应忘》登上文坛，著有评论集《昭和文学盛衰史》。

从甚密,两人的关系就像黑道大哥和马仔。

在电通大厦前有家名为"N'est ce pas"的咖啡馆,是备受文人喜爱的聚会场所,我就是在这里结识了当时《世界文化》的新锐编辑水岛治男和广西元信。从有乐町到筑地之后,这里有家名为"喜代"的饭馆,亦是文人和编辑常来的地方。我跟着姬田来过许多回。混在这些谈笑风生的年轻才子中间,穿着学生制服的我只有闷头默默喝酒的份儿。

就这样,我在发行娱乐杂志《现代日本》的新太阳社谋了份零工,出版社位于筑地,于是,我与同社编辑部的吉行淳之介[1]相识相知。我已经多次写过其中的经纬,便不再赘述了。让我们把话题说回当时的银座吧。

某天,主编让我去写一块广告牌,摆放的地方好像是在三原桥十字路口的广场,写的是笠置静子[2]的《东京布基伍基》的歌词。主编发话了,要写改编版的歌

1　吉行淳之介(1924—1994),小说家,擅长通过描写两性关系追问人存在的意义,以《骤雨》获得芥川奖,代表作为《原色的街》《砂岩上的植物》等。

2　笠置静子(1914—1985),日本女歌手、演员,其布基伍基(boogie-woogie)风格的歌曲风靡战后日本,有"布基女王"的美誉。

词才会有人乐意多看两眼。要我站在人来人往的银座街头,拿着手账往广告牌上写流行歌歌词,怎么看都很逊。我记得当时还忿忿不平地瞪过主编一眼。以免误会,还是要提一嘴,这位主编不是吉行先生。

> 电车破破烂烂,铁道凹凹凸凸。
>
> 玻璃碎了,好危险。
>
> 要过河了,掉水里。
>
> 电车破破烂烂,
>
> 破破烂烂电车,是日本之耻。
>
> 旧日的梦。(下略)

各位读者须知,当时电车开门又急又快,简直是把乘客给抖搂出去,那是个连坐电车都没法安心的时代。

战败以后,交谊舞风靡一时,银座遍地是如同雨后春笋般出现的舞厅,这是昭和二十三年前后的光景。若说银座当时最引人瞩目的风景,那便是金盏花舞厅的舞者们组成棒球队,穿上棒球队队服,在林立的大厦间的空地上(这于今是难以想象的,但当时银座还有许多片房屋被焚毁后的空地)练习棒球。

我不止一次在通勤途中看到舞者们打棒球的身影,耳边还回荡着"呀——! 呀——!"的尖厉喊声。

回想起来,昭和二十三年的夏天,我还在如今已被拆除的数寄屋桥边的小公园里目击到,"跳舞教"[1]的信徒洋溢着恍惚忘我的神情疯狂跳舞的场景。

新桥站的乌森有一家名为"凡十"的酒馆,老板后来又在有乐町的商业街开了一家叫"马赛"的店。在这两家店里,我和年轻的摄影师林忠彦[2]、漫画家加藤芳郎以及其他数不清的人推杯换盏。当然,我那时只不过是一介寂寂无名的年轻编辑,天晓得他们会不会记得我。

1　天照皇大神宫教的别称,战后日本出现的新兴宗教,宣称通过舞蹈舍弃自我中心的心,以达到无我之境。
2　林忠彦(1918—1990),摄影师,以在《小说新潮》杂志上登载的太宰治、坂口安吾等作家的肖像照而闻名。

我的日本桥

虽然这种事不该自鸣得意地张扬出去,直到被他人发现为止,都应保持沉默,那才叫一个从容潇洒。然而,谁也没有发现这一点,我只好主动说出来了。其实也不是什么大不了的事情。在这二十年来,我每年用的贺年卡都出自日本桥的"榛原"这家店。

确实有点认牌子。

每年当腊月的风吹起之际,我就仿佛参加例行的节日活动一样,推开榛原厚重的玻璃门,走入这家安静的店。

"欸,今年用的是黄色,来年便用绿色好了……"

我一边喃喃着,一边同妻子挑选五彩斑斓的和纸明信片。

或许可以说是因为受父亲的影响,我成了榛原的忠实拥趸。昭和十年至二十年间,我还在念小学,父亲那时在丸之内的银行上班,经常去丸内大厦的榛原分店给我买文具。因此,我也就对"榛原"一名耳熟能详了。

那是多么令人怀恋的十年呐。也是"今日逛三越,明日看帝剧"[1]这句话诞生的时代。

1　此为帝国剧场宣传单上的广告词,"在三越百货购物""在帝国剧场观剧"在当时是普通人想象中的中产阶级女性形象。

母亲经常去三越百货购物，一到这种时候，我就死乞白赖要母亲带我一起去。

那时候，我家住在泷野川，要去位于日本桥的三越百货的话，首先要在山手线上的驹达站乘电车去上野，然后在上野换乘地铁，在三越前站下车。这是距离最短的路线。

当时只有浅草至新桥、新桥至涩谷两条地铁线路运营，不了解战前历史的年轻人也许会大吃一惊吧。两条线路合起来就是如今的银座线，换言之，当时东京只有这么一条从北到南的地铁线，可以说是一目了然。

与此相比，东京地铁现在的复杂程度已经难以用语言概括了。我现在已经不指望一个人的时候能把地铁坐明白了。比起东京地铁，巴黎地铁的简单明了更合我心意。

写到这里，肯定有人会说"什么玩意儿！你这个精法！"其实并非如此。虽然我一点儿都不喜欢巴黎，但我总在想，日本地铁要是能学到巴黎地铁的简单明了就好了。

虽然有些跑题了，但请允许我关于巴黎地铁再说两句。

巴黎的每个地铁站里都有一幅非常大的路线图。我们只要揿下写有想去的车站站名的按键，就会显示出路线，搭乘几号线和换乘站名都一目了然。

而且走在地铁站内，到处都贴着大大的指引箭头和几号线的标志，只要跟着走，再愚笨的人也不会搞错目的地。

东京市内的交通工具本来就是主要为上班族服务的，可能也没必要为像我这样的"不速之客"特意安装法国式的电子路线图。

话说回来，虽不知现在还有没有，但至少在我孩提时代，百货商场的屋顶一般是孩子们的游乐场，在那儿骑木马、坐汽车也很有趣。

还有像简易动物园一样的设施。我记得应该是在上野的松坂屋的楼顶，玻璃水槽里饲养着水獭。在浅草的松屋楼顶能坐缆车，那是顶好玩不过的了。

日本桥的三越百货定期会有管风琴表演，我曾经在台阶上听见琴声，不由得伫立原地，踮脚张望。

今日的天空，也飘浮着广告气球。

当时流行的歌里有这么一句。事实上，只须当电车驶向东京市中心时朝窗外望，到处都是飘飞的广告气球。想来真是个悠闲自得的时代。

除了三越百货外，日本桥附近的商场还有高岛屋和白木屋，白木屋在昭和七年那场大火后重建。不消多说，一提到白木屋火灾，我就反射性地想到"衬裤"一词。女式的短衬裤在那时还没有出现。

我的外祖母在战争期间逝世。她是土生土长的日本桥人，我从小就对她富有特色的语言表达印象深刻。

外祖母从来不说"吃饭"，而是说"用膳"，上厕所要说去"手水场"。我不敢断言这是不是标准的东京方言，但我的外祖母一直都是这么讲话的。

我有时玩泥巴玩得手上沾满泥土，她便说：

"嗳呀嗳呀，要把手洗得甚干净才是。"

这也是她独特的说话方式。外祖母经常用"甚"来代替表示"非常""很"意思的副词，仔细想想，过去的东京人确实爱这么说。

现在的年轻人喜欢说"特"，但我很希望听上去颇文雅的"甚"能够复活。

后　记

　　昭和五十七年一月至五十八年八月,我以"西洋镜"为题在杂志《潮》上连载了二十篇文章,另外添上在别处刊登的最后两篇文章,便是本书的由来。在结集出版时更换了书名。

　　最初写时并没有明确的主题,只是写着写着,自然而然就将笔触集中于我的少年时代的经历上了。因为这也一度是我想写的主题。

　　念初中时,我的记性特别好,同级生都自愧不如,但是写下这些文章时,我痛感许多少年时代的记忆已经遗失。这让我失却了一点自信。

　　连载期间,我收到很多读者寄来的信,尤其是《狐狸百宝袋》一篇反响尤其强烈,甚至有许多人手抄了乐谱寄给我,实在令人喜不自胜。我无法逐一写下各位读者的姓名,但心中着实感激不尽。

另外,有位读者拥有我在《编歌词》一文中提到的"歌曲大全",特意复印了其中许多页送给我,特此感谢。应是《妇人俱乐部》昭和十一年一月号的副刊。我记得不甚清楚的"两人偷偷靠近"这句歌词,实际上出自大正八年流行的歌曲《花园之恋》,作词人为北原白秋。正确的歌词如下所记:

苦涩的恋爱哟,犹似野蔷薇;
悲哀的恋爱哟,犹似野蔷薇。
两人暗中相会,
颤抖着,害怕被人发现。

我记忆中的"颤抖着呼出炽热的吐息"实为这首歌第三节的末句。在此我要感谢为我指出这一点的小仓明。

连载期间,幸赖潮出版社的今村左依子小姐相助甚多,又高桥康雄先生玉成本书结集出版,记而谢之。

昭和五十八年九月

涩泽龙彦